赤川次郎

幽霊はテニスがお好き

実業之日本社

実業之日本社文庫

目次

本日も死亡ゼロ 5
白馬の王子 49
金メッキの英雄 97
待ちわびる女 141
逃亡の果て 183
幽霊はテニスがお好き 227
解説 香山二三郎 274

本日も死亡ゼロ

1

その冗談がいけなかったのかもしれない。

「町長！　気を付けて下さいよ！」

と、酔った大声でわめいたのが誰だったのか、後になっていくら考えても、本宮《もとみや》には分らなかった。

「町長！　気を付けて下さいよ！」

と、その声は言ったのだ。「町長が自分で事故起こしたんじゃ、冗談にもなりませんからね！」

――そう。実際、冗談にはならなかったのである。

それはともかく、本宮三郎《さぶろう》は六十五歳。今、このK町の町長をつとめている。五十五歳のときに町長に当選して、もう十年。

「おい、車は？」

本宮は、いささか酔った、もつれ気味の舌で部下に訊《き》いた。

「待たせてあります」

と、眼鏡をかけた実直な部下は言った。「ただ……」

「何だ？　タイヤが外れてるか」

自分の下手なジョークに大笑いする。

「いえ、そうではないんですが……。運転手が手違いで帰ってしまいまして」

と、その部下、田丸《たまる》は怒鳴られるのを覚悟している様子で、「申し訳ありません！」

「あ、そうか。うん、ま、いいよ」

と、本宮は手を振って、「俺が運転して帰るよ」

「いえ、町長！」

と、田丸はあわてて言った。「それはいけません」

「どうしてだ？」

「酔っておいでなのに……。もし捕まりでもしたら――」

「馬鹿言え」

と、本宮は笑って、「いいか、俺の家はここから町の外へ向って行くんだ。ほとんど町の中は通らん。しかも時間は……夜の十一時だぞ。誰かが通ってると思うか？」

「いえ、ないとは思いますが……」

「気にするな！　ちゃんと車ぐらい運転できる」

本宮は、町の公会堂の玄関先に停《と》まっている公用車へと歩き出した。

「あの——町長。でもやはり……」

田丸はなおもしつこく追ってくる。

「じゃ、お前、運転しろ」

と本宮が言うと、田丸はぐっと詰った。

田丸は三十そこその若さのくせに、免許を持っていないのである。

「それは……」

「大丈夫だ。冗談だよ」

と、本宮は豪快に笑って田丸の肩を叩いたのだった。

田丸も、これで諦《あきら》めることになったが、

「くれぐれもご用心を」

と、しつこく念を押すのは忘れなかったのである。

本宮は、車を操って大通りへ出た。

この小さな田舎町では、夜も九時を過ぎると、ほとんどの店は閉まり、まるで真夜中のように静かになる。

本宮は、一旦町の外へ向ったが、途中、細いわき道へ曲ると、さらにその先を折れて、町の中心へと戻る格好で車を走らせた。

何しろ町長の公用車である。町の大通りを走れば目立つに決っている。わざわざこうして裏通りを走っているのには、理由があった。

その家の裏手に静かに車を停めると、すぐに家の窓のカーテンが開いた。

本宮が車を出て、その家の庭へ入る低いくぐり戸の方へ足を進めると、タッタッとサンダルの音がして、すぐに戸がガラッと開いた。

「遅かったのね」

と、女の甘えた声が本宮の耳をくすぐる。

「パーティがなかなかすまないんだ」

本宮はくぐり戸を入ろうとして、額をぶつけた。「いてえ！」

「気を付けて。――ご近所が気付くわ。早く入って」

本宮はさっさと上り込んだ。

「ずいぶん飲んだのね」

と内山悠子《うちやまゆうこ》は顔をしかめた。「いやだわ」

「なに、じきさめる」

と、本宮はソファに寛《くつろ》いで、ネクタイを緩《ゆる》める。「ちゃんと車を運転して来たんだ。しっかりしたもんさ」

「じゃ、しっかりしてるとこを後で見せてよ」

と、悠子は笑った。「何か飲みます？」

「お茶でいい。もう……酒は充分だ。それと――お前とな」

本宮が悠子の腰へ手を伸し、悠子は笑ってスルッと逃げた。

「もう！　せっかちなのね」

「どっちがだ」

本宮は声を上げて笑った。

――内山悠子の亭主は、単身で東京へ出ている。仕事の都合で、あと二年くらいは帰れそうにないのである。

帰宅はお盆と正月のみ。子供のない夫婦で、悠子は四十五歳の女ざかり。時間を持て余して、いずれ他の男に手を出すのは自然の成り行きだった。それでも東京へついて行かなかったのは、夫が「物価高の東京へ来たら、貯金などできない」と言ったからである。

本宮に言わせれば、「退屈で死にそう」な人妻を救うのも「町長の役目」の一つということになろう。——実際、同い年の妻が相手では、ほとんど「燃える」ことのない本宮が、悠子を抱くときには、六十五歳が相手に合せて四十五くらいになるようだ。

「——はいお茶」

と、悠子はソファに並んで腰かけて、「何のパーティだったの、今日？」

「五年さ」

「五年？」

「五年間、町内の交通事故の死亡がゼロになったんだ！」

「ああ……」

悠子は肯《うなず》いて、「じゃ、今日がその日？」

「正確に言うと明日さ。月末だからな。しかし、もう同じことだ。明日になると、出かける連中も多いんで、今夜パーティをやることにしたんだよ」

と、本宮は上機嫌で言った。「見ろ！　これで俺も新聞にのる」

「おめでとう」

悠子はそう言って、「じゃ、今夜はその記念ね？」

と、本宮の方へ体をすり寄せた。

本宮は悠子の体を抱き寄せた。――確かに、六十五歳にしては本宮は充分にタフで、悠子を満足させていたのである……。

五年間、死亡事故ゼロ。

これは、本宮が町長になったときからの悲願だった。オーバーな言い方かもしれなかったが、初めは「一年間」も達成できず、何回もかけ声だけに終っていたのだ。

それが――五年間、交通事故の死亡がゼロ！

五年間という期間にこだわったのは、これで県知事から表彰を受け、その様子が新聞に写真入りで掲載されるからだった。

K町は、どことい って特色のない、小さな町である。こんなことでもなければ、この県内の人間でも、ほとんど名を知らずにいるだろう。

たとえどんなことでも、「K町」の名を印象づける必要があったのである。

加えて、本宮は十年目の町長で、もう今年でその職を退く。十年間は、町の規則で決めた最長の任期だ。

その最後を飾るには、「五年間死亡事故ゼロ」の達成は、全くふさわしい出来事だったのである……。

「――じゃ、また」

と、車に乗って、本宮は悠子に手を振った。

「気を付けて。また来てね」

悠子は、ちょっと手を上げて見せた。

本宮は車を我が家へと走らせた。――少し悠子の所にのんびり居すぎたかもしれない。

しかし、まあ「付合いで飲んでた」と言えば何とか通用するだろう。妻の克代《かつよ》は、あんまりそんなことをうるさくは言わない。

もう午前二時か。――こんな時間まで、ただ飲んでた、ってのは無理がある。こんなに遅くまで開いている店は一つもないのだ。

どこかへ上り込んで飲む内に眠ってしまった。これにしよう。

そうだ。あの田丸の奴にでも言い含めておくか。あいつは独り暮しだから、厄介なこともあるまい。

本宮は町の外、少し小高くなった土地に家を持っている。——町を出て、少しスピードを上げた。

大丈夫とは思っても、克代に対して後ろめたい気持があるので、つい急ぐのだ。

そして……。ゆるい角を曲ったときだった。

あれは？　何だ？

ライトの中に——キラッと光ったのは自転車のフレーム。それに乗っている女の子。

女の子？　こんな所に？　まさか——。

ブレーキを踏むより早く、ガシャン、という音がした。

キーッとタイヤが鳴る。ブレーキを踏んだ。しかし、それは、はねた後だ。

はねた？　——本宮は体中がスッと冷えて行くような気がした。

「嘘だ……」

と、本宮は呟《つぶや》いた。「こんなことが……」

夢だ。これはきっと夢だ。こんな時間に、こんな所を女の子が自転車で走ってるもんか！　きっと、狐にでもバカされたんだ。

何とも非科学的なことを考えながら、本宮はともかく事実を確かめようと思い直した。万一、本当にはねたとしても、女の子はちょっと膝をすりむいたくらいかもしれないではないか。

しかし、車を出て、ライトの中に大きくフレームの曲った自転車が転がっているのを見たとき、本宮の顔からは血の気がひいた。

これは少々のことではすまないぞ……。

少女は、五、六メートルもはね飛ばされていた。道のわきの大きな石がゴロゴロしている辺りにぐったりと倒れて、身動きもしない。

近寄って、本宮はそれが町の小学校の教師久保《くぼ》の娘だということに気付いた。確か――そう、あかねとかいった。今、小学校の五、六年生だろう。

「おい……。あかねちゃん」

と、本宮はそっと呼びかけた。「大丈夫かい？　な、どこか痛い？」

何の返事も反応もない。本宮はゾッとした。――やめてくれ！

まさか……。いくら何でも……。

かがみ込んで調べてみると、もう全く息はない。血こそ出ていないが、首が妙な具合に曲っていて、恐らく投げ出されてこの石に頭をぶつけ、首の骨が折れたのだろう。

脈もみたが、そのきゃしゃな細い手首からは、生命のあかしは全く感じられなかった。

本宮は、呆然として車へ戻ると、ともかく運転席に座って、自分を落ちつかせようとした。車の中にいることですこしは安全なような気がしたのである。

女の子をはねて――死なせた。

妙なことだが、真先に考えたのは、自分が罪に問われる、ということではなかった。交通事故死ゼロ。――その記録が、これですべて無になる、というそのことの方だった。

「畜生……」

五年間。――五年間だ。町中に職員を駆け回らせ、町外の人間の車をチェックさせたり、意識を高めるために「五年間頑張ろう！」などという歌をわざわざ作らせたりした。

その成果が実って、やっと明日五年間の目標を達成する。その前夜に……。

何てことだ！　畜生！

本宮は頭をかきむしりたかったが――あまり毛がないので、やめておいた。

しかも、はねたのは町長本人。これでは、新聞記事にはなるだろうが、とんでもない恥さらしである。

「いや……。だめだ」

と、本宮は呟いた。

そうだ。五年間の苦労を、こんなことで水の泡にしてたまるか！　あと一日。あと一日なのだ。

正直、本宮にとって「自分のため」は二の次だった。今はこの事故を何とか隠すこと。それしかない。

しかし、そんなことができるか？　小さい町である。久保あかねがいなくなれば、たちまち町中に知れ渡るだろう。

――そうか。

本宮は、車の中から、ぐったりと道端に倒れて動かない少女を見やった。

事故死でなければいいのだ。車にはねられて死んだということさえ分らなければ、五年間の目標は達成できる……。

本宮は大きく息をついて、車を出ると、チラッと辺りを見回してから、もう動くことのない少女へと歩み寄って行った……。

2

「あなた。——起きて」

克代の声は、決して大きくない。

しかしそこは長年の付合いというもので、本宮の目を覚まさせるこつをのみ込んでいるのである。

「あなた!」

「うん……」

布団の中でモゾモゾ動いて、本宮は目を開いた。「何だ……?」

「大変なのよ。起きて下さい」

「どうした?」

本宮は、ゆっくり起き上った。ひどく頭が痛い。

「ずいぶん飲んだのね。ゆうべ何時に帰ったんですか? 私、全然気が付かなかったわ」

と、克代は顔をしかめて言った。

「つい、付合ってたら長くなって……。何時だったかな、よく憶えとらん」

「呆《あき》れた。ともかく、早く仕度をして。大変なのよ」

「何だ、一体？」

「久保先生の所のあかねちゃんが……」

と言いかけて口ごもる。

本宮も、はっきり目を覚ました。――ゆうべのことは、夢じゃなかったのだ。

「小学生だったかな。あの子がどうした？」

「殺されたの」

「――何だって？」

「町外れの林の中で。首の骨を折られてたって……。しかも……服を脱がされて
……。可哀そうに」

と、克代は目をしばたたいた。

「何てことだ……。そりゃ大変だ。すぐ行くぞ」

「ええ、署長さんもお待ちですって、町役場で」

「分った。顔を洗う」

本宮は立ち上って、行きかけたが、「田丸に電話して、車を寄こせと言ってくれ」

「でも、あなたゆうべ乗って帰ったんじゃないの？」

「うん。それが……ちょっと酔ってたせいで、こすっちまったんだ。あのままじゃみっともなくて乗って行けん」

「まあ！　――分りました。電話しときますわ」

と、克代は急いで出て行った。

顔を洗いながら、本宮は、

「しっかりしろよ……。ここが勝負どころだぞ」

と自分に言い聞かせた。

ともかく、差し当りは狙い通りにことは運んでいるようだ。

詳しく調べたら分ってしまうかもしれないが、少女が変質者に殺された、と見せかけること。――それが本宮にできる精一杯の工作だった。

後はどうなるか……。本宮にも全く先が読めない。

「さ、いつもの顔になれ！」

ローションをためた手でピシャッと顔を叩いて、本宮はその冷たさに目を丸くした……。

「わざわざおいでに

「久保先生は……」

本宮は、職員室の戸を開けて声をかけた。

「まあ、町長さん！」

年輩の副校長、草間頼子《くさまよりこ》が急いで席を立ってやってくる。「わざわざおいでに

──」

「いや、自宅へうかがったら、奥さんが、学校に行きましたとおっしゃったんで」

と、本宮は言った。「全く、とんでもないことが起ったもんだ」

「本当に……。私どもも、久保先生に何と申し上げていいのか」

「で、先生は？」

「それが──いつも通りに授業を」

「何ですって？」

「生徒たちには関係ないことですから、って……。たぶん。ご自分もその方がいいんでしょう、気が紛れて。ですから止めなかったんですの」

「なるほど……」

「どうなさいますか？　もうじき休み時間に──」

と、草間頼子が言いかけたとき、ベルが鳴って、廊下に子供たちの声や足音がワ

ッと溢《あふ》れてきた。

そして、少しして職員室の戸がガラッと開き、久保が入って来た。

久保は今年四十歳のはずだ。もちろん本宮もよく知っている。

しかし、一夜で、久保は十歳も年齢《とし》をとったように見えた。

「これ、コピーしといて下さい」

と、事務の子に頼んでから、「町長さん。――どうしてここへ?」

と、初めて本宮に気付いた様子。

「いや……。実は今、ご自宅へうかがったんですがね」

「ああ、そうでしたか。それは失礼。いや、今日はどうしてもやっとかなきゃならん小テストがあったもんで」

「久保先生。本当に何と申し上げていいのか……」

「いや、どうも」

と、久保はやや放心したようではあるものの、照れたような表情さえ見せて、

「まだあかねも戻りませんので、葬式も出せません。それに――犯人が捕まるまでは、あいつも成仏できませんよ、きっと」

「全くです。――犯人はきっと署長が……」

「ええ、そうおっしゃって下さいました」

草間頼子が、二人を小さな応接セットに案内した。事務の女の子がお茶をいれてくれる。

「しかし――久保先生」

と、本宮は言った。「娘さんはどうしてあんな時間に出かけていたんですか」

こんなことを訊いて、どうなるというわけではなかったが、本宮としては、気になって仕方なかったのである。

「いや、実は……」

と、久保は少しためらって、「私の担任しているクラスの子が一人、家出したのです」

「家出？」

「ゆうべ遅く、その連絡が入って……。もちろん親はおろおろするばかりでした。それで私はあかねを起こして、バスターミナルまで行って、その子がいないか見て来てくれ、と……。私はいつ連絡が入るか分らないし、その子がうちへ来る可能性もあるので、出られなかったのです。あかねもよく知っている子だったし、大丈夫、行く、と言ってくれたので……」

「で、その家出した子は——」

「あかねがうちを出て間もなく、自宅へ戻った、と連絡がありました。——もう少し早く戻っていてくれたら、あかねも……。いや、こんなグチは言っても仕方のないことですがね」

「そうでしたか……」

「ターミナルから、あかねは電話をして来ました。『誰もいないよ』と。私が、もう分ったから戻れと言ってやると、文句も言わず、『良かったね』と……。それがあの子の声を聞いた最後でした」

さすがに、久保の目に涙が光っていた。「私があんなことを頼まなければ……。あの子が『眠いからいや』とか反抗していてくれれば……。しかし、もう今となっては、手遅れです」

本宮の目から涙がポロッとこぼれた。久保の方がびっくりして、

「町長さん——」

「いや、どうしてそんないい子が……。そう思うと、悔しくてなりません」

と、本宮は手の甲で涙を拭った。

「ありがとうございます。町長さんにそうおっしゃっていただけると——」

本宮は不思議な気分だった。——決して演技していたわけではないのだ。妙な具合で……。つまり、あの少女を死なせて、林の中へ運び込み、乱暴されたかのように見せかけた本宮とは別の本宮がいて、素直に久保の話に感動し、涙してさえいたのである。

しかも、

「そんな犯人は、絶対に許さん！」

と、本気で怒ったりもしていたのである。

「それにしても、一つ不思議なのは、あかねの自転車がどこかへ消えてしまったことなんです」

と、久保が言うのを聞いて、本宮は初めて自分の立場を思い出した。

「自転車が、いくら捜しても見付からない。どうなってるんでしょうね」

久保が首をかしげる。

もしフレームの曲った自転車が発見されたら、事故だったことがばれてしまうだろう。本宮はそれが心配で、あの子の自転車を、車のトランクへ積んで帰った。そして裏庭のガラクタをしまってある倉庫の中へ放り込んでおいたのである。もちろん、時機をみて処分するつもりだった。

「――そうそう」

　と、久保が思い出したように、「今日で、交通事故の死亡ゼロ、五年間を達成されたんですね。おめでとうございます」

　思いがけない言葉に、本宮はあわてて、

「いや、どうも」

　と、頭を下げただけだった。

「今朝は、朝礼であかねのことを校長が話されたので、そのことには触れられませんでしたが、明日はきっとその話題が出るでしょう」

「いや、まあ……これもみなさんのおかげですよ」

　と、本宮はさすがに少し汗をかいている。

「いやいや。町長さんの熱意は、みんなよく知っています。立派なもんですよ」

　久保は心からそう言っていた。本宮は、胸が痛んで、

「では久保先生、この後、ちょっと町の用事があるものですから」

　と、立ち上る。

「わざわざお運びいただいて、恐縮でした」

　久保は、職員室の戸口まで来て送ってくれた。

本宮は学校を出て車に乗ると、深々と息をつき、運転手に、

「ゆっくり役場へ戻ってくれ」

と注文したのだった。

——あの久保の立派なことはどうだ。それに引きかえ、俺は……。

本宮は、役場に戻るころにはすっかり落ち込んでしまっていた……。

3

どんな気分のときでも、日常の雑事は待ってくれない。

本宮は、沈みがちになる気分を紛らわそうとするように、細々《こまごま》とした仕事に精を出していた。

「田丸！　おい田丸は？」

と、呼ぶと、

「田丸さん、お出かけです」

と、女の子が答えた。

「外出？　どこへ行ったんだ？」

細かい仕事は田丸がいないと進まないのである。――せっかくやる気になっているのに！

仕方なく、申請書の束に目を通している内、午後三時の休憩になった。

これは以前からの習慣で、町役場の全員が三時から十五分間休憩するのである。

女の子のいれてくれたお茶を飲んでいると、田丸が戻って来た。

「おい、どこへ行ってた？　勝手に出かけちゃ困るじゃないか」

と、本宮は文句を言った。

「はあ、申し訳ありません」

と、田丸は頭を下げ、メガネを直すと、「ご自宅へうかがって、車の方を見て来ました」

田丸の言葉に、本宮はギクリとした。

「おい……。どうして俺に黙って行くんだ？」

「はあ、今朝、奥様からちゃんと見ておいてくれと言われておりましたので」

「さあ……」

「しょうがないな」

と、本宮は顔をしかめた。

「女房から？　――そうか」

本宮は渋々肯いた。「で……見たか」

「はあ。大分派手にこすられましたね」

「仕方ないさ。修理費は俺が出す。どこかへ出しといてくれ」

と、本宮は言って、「五年間死亡事故ゼロの表彰の件、知事の方へ照会しとけよ」

「はい」

と、田丸は頭を下げたが……。

「――何だ？」

と、本宮は田丸がずっとそのまま目の前に突っ立っているのを見て、「何か用か？」

「はあ。実はちょっとお願いが……」

「言ってみろ」

「ここではちょっと――」

結婚の話かな、と本宮は思った。本宮に仲人をと頼んでくるのだろう。

「よし。応接へ行こう」

と、本宮は立ち上った。

小さな応接室へ入ると、

「座れ。――何だ？」

と、ソファに身を沈めて息をつく。

「はあ実は……」

と、田丸はまたメガネを直して、「給料を倍にしていただきたいんです」

本宮は耳を疑った。

「お前……。今、何と言った？」

「お給料を倍に、と」

田丸は別に冗談を言っている風でもなかった。

「本気でそんなことを言ってるのか？　公務員の給与は決ってるんだ。勝手に一人だけ上げるなんてことはできないんだぞ」

「分ってます」

「それなら――」

「給料と同額を、町長ご自身のポケットマネーからいただければいいんです」

本宮は夢でも見ているのかと思った。

「それは……どういうことだ？」

「言った通りです」

「馬鹿な！　どうして俺がお前にこづかいをやるんだ」

と、声を荒らげる。

「黙っている代りにです。お宅の物置の中にあるもののことを」

——応接室の中に、張りつめた空気が漲《みなぎ》った。

「車の傷も、こすったものじゃありませんね。僕は学生のころ修理工場でバイトしたことがあるんです」

と、田丸は続けた。「それに、傷の所に赤い塗料がついていますよ。あの物置の自転車の塗料と比べれば、同じものとすぐに分るでしょう」

本宮は青ざめ、冷汗を浮べていた。

否定してもむだなことだと分っていた。

「そうか」

と、肯く。「俺をゆすろうっていうんだな」

「ゆする、ってのは大げさですね」

と、田丸はかすかに笑みを浮べて、「給料なんてわずかですよ。それと同額。毎月でも、それなら大した負担じゃないでしょう」

「そうにらまないで下さい。町長のこと、警察へいつでも言いに行けるんですよ。でも、そんなことしたくないし。でも、もしこれが明るみに出たら……。町長自ら、女の子をはねて死なせ、変質者の犯行に見せかける工作をした、なんてね。しかも、愛人の所へ行って帰宅する途中だった、なんて」

「それも知ってるのか」

と、本宮は息をのんだ。

「もちろんです。町長のことは何でも知ってなきゃ、やって行けません」

田丸は淡々とした口調で言って、「じゃ、これで。支払いは今月のお給料日からで結構ですから」

と、立ち上ると、

「失礼します」

と、応接室を出て行った。

本宮は、長いこと動かなかった。汗がこめかみを伝い落ちて行く。

田丸の奴……。今はあれだけのことだが、もし言われるままにしていたら、調子に乗って次々に要求をエスカレートさせてくるだろう。

本宮の頭に、自分の写真が新聞に載っているのが――表彰の写真でなく、惨めに手錠をかけられた姿でうつっているところが、浮んでは消えた。

いやだ！　俺は町長なんだ！　十年間もこの町のために働いて来たんだ！

誰が――誰が捕まってたまるか。

本宮の額に深いしわが――危険なしわが刻まれていた……。

「いや、どうも」

と、本宮は来客の手を握った。「ぜひまたいらして下さい」

この町長室を出て行ったら、数秒としない内に本宮はこの客のことなど忘れているだろう。日に何十人とやってくる客を、いちいち憶えてはいられない。

しかし、必ず本宮は相手と握手することにしていた。向うはこれを忘れないだろう。

「――次のお客を呼んでもいいですか」

と、田丸が言った。

「ちょっと待ってくれ」

と、本宮は息をついた。「少しくたびれたよ」

「あと数人ですから」

「そうか……。しかし、今日は少し元気をとっときたいんだ」

本宮は田丸を見てニヤリと笑った。「内山悠子に会いに行くんでな」

「結構ですね」

と、田丸は笑って、「でも、亭主にばれないようにして下さいよ。スキャンダルで辞めるんじゃ、もったいないです」

「そうだな。用心するよ」

と、本宮は肯いた。「表彰の件は？」

「問い合せてますが、どうもはっきりした返事が来ないんです。知事がこの間替りましたから、ごたごたしてるんでしょう」

「なるほど。早くしてほしいもんだな」

と、本宮は言って、「じゃ次の客だ」

「はい」

田丸がドアの方へ行きかける。

「待て！」

と、本宮は声を上げた。「しまった！　今の客に古いデータを話したな」

「はあ？」

「おい、まだ下にいないか。呼び戻してくれ」

「ですがもう――」

「駐車場にいるんじゃないか？　ちょっと覗《のぞ》いてみろ」

「はい」

田丸は、大きな窓へと足早に近付くと、窓を開けて身をのり出した。「――車が……。もう出るところです」

「そうか」

本宮は、田丸の後ろに回っていた。かがみ込んで、田丸の両足をかかえると、パッと上へはね上げる。

田丸は声も出さずに落ちて行った。

ここは五階である。下はアスファルト。まず即死に間違いない。

本宮は、あまりに呆《あっ》気《け》なく片付いてしまったので、却ってポカンとしていたが、

「――大変だ！」

と、声を上げて町長室を飛び出して行った。「おい！　田丸が落ちた！　窓から外を覗いていて――。早く、救急車だ！」

みんな、一瞬面食らっていたが、すぐにワーッと駆け出す。

「急げ！　早く病院へ運ぶんだ！」

本宮は半ば本気で田丸の身を心配していたのだった……。

4

「いや、不幸というのは、重なるもんですな」

と、署長が言ったとき、本宮は一瞬何のことを言われたのか分らなかった。

「あの子に続いて、今度は前途有望な青年。全く、いやなことだ」

署長はため息と共に首を振った。

本宮にもやっと分った。――確かに、久保あかねの死には心を痛めていた（！）が、もう一人、田丸の死の方は一向に気にしていなかったからだ。

前途有望な青年か！　あの「ゆすり屋」が。

もちろん、遺族の前では大いに悲しんで見せた本宮だった。しかし、内心、とても同情する気にはなれない。

自分で殺しておいて「同情」も妙なものかもしれないが、田丸の死に関しては、本宮はほとんど責任を感じてはいなかったのである。

まあ、今日、たまたま久保あかねと田丸の葬儀が重なったので、みんな二つの死をついまとめて考えてしまうのだろう。

本宮ももちろん両方に出席した。しかし、当然世間の目とマスコミは、いたいけな子供の死の方に関心を寄せたので、本宮の出席もそちらが中心になるのはやむを得ないところだった。

「――町長、これからお出かけですか」

と、署長が言った。

「ええ、知事の所へ。例の表彰のことで、やっと呼び出しが来まして」

「そうですか、それは良かった」

「では、ちょっと着がえて出かけますので」

――久保あかねの家の前は、まだ報道陣でごった返していた。

本宮は車で自宅へ戻った。

「――おい、克代」

と、家へ上って、「克代、いないのか」

返事がない。

本宮は首をかしげて、奥の部屋へ行った。

「――何だ」

克代が畳に座っているのを見て、びっくりする。「いるのなら、返事してくれよ。知事の所へ出かける。背広を出してくれ」

しかし、克代は動かなかった。

「――克代。どうかしたのか」

と、本宮が訊く。

克代はゆっくりと夫を見た。厳しい目である。

「あなた」

「何だよ」

本宮は一瞬ひるんだ。もしかして、克代は、あの子の事故のことを気付いたのだろうか？　それとも田丸の死の真相を？

「分ってるんですよ。内山さんの奥さんとのこと」

本宮は呆気にとられ、そして、

「何だ、そのことか」

と、笑い出していた。

「何ですか、『そのことか』なんて！」

と、克代は険しい口調で、「町の噂になってるんですよ。みっともない！」

「そうか……。いや、すまん」

と、素直に謝って、「つい、フラッとして。――な、本気じゃない。向うも亭主が留守で寂しかったんで、俺に近付いて来たんだ」

本宮は、そっぽを向く妻を、何とかなだめた。

「――な、勘弁してくれ。この通り」

と、畳に手までついて、頭を下げる。

克代にも、夫のこの低姿勢ぶりは意外だったらしい。怒るに怒れず、という様子で、

「早くお出かけになったら？　知事さんとお約束でしょ」

「背広とか一揃い出してくれよ。俺じゃどこに何があるか分らん」

「もう……。勝手な人！」

妻の腹立ちがピークを過ぎたことを、本宮は感じた。

よし、これで何とか納められるだろう。その代り、内山悠子とはもうおしまいにしなくては。

本宮は少々残念だったが、やむを得ない。――また機会はあるさ、と自分に言い聞かせた。

仕度をして家を出る。

車は自分で運転していない。――やはり、もう若くないのだ。プロに任せておこうという気になった。

悠子との間も、いずれ、遠からず終りにしなくてはならなかったのだ……。

「行って来る」

と、克代に手を振る。

「はい……」

克代も仕方なく肯いて見送っていた。

――大丈夫。克代も本気で怒ってはいない。

もう、物置のものも、片付けてしまった。これで自分が疑われることはないだろう。

本宮は、車の後部席でゆったりと寛いだ。眠気さえさして来て、本宮は心地よくウトウトし始めた……。

「あら、署長さん」

と、克代は夫の車が走り去るのを見送ってから、家の中に入ろうとして、署長がそばに立っているのに気付いた。

「町長はお出かけですね」

「ええ、今。——何かご用でしたの？」

「いや、そういうわけじゃないのですが……」

と、署長は口ごもった。

「どうかしまして？　顔色が良くないわ」

「奥さん」

と、署長は思い切ったように言った。「おとといの夜、町長はこの先の池に、あるものを捨てたんです」

「あるもの？」

「自転車です。フレームの折れ曲った。——あの、久保あかねのものです」

克代はキョトンとしている。署長は続けて、

「聞いて下さい。そのとき、町の若いもんが二人、こっそりと会っていました。池のほとりで。お分りですか」

「はあ」

「で、月明りの下で見たのです。町長が自転車を捨てるところを」

「でも……どうして……」

「ともかく、我々としては調べないわけにはいきません。中へ入らせていただきます」

署長は、〈捜査令状〉を取り出した。

同時に、魔法のように大勢の警官たちが現われて、一斉に家の中へ入って行く。

「主人が……何をしたんです？」

克代は、まだ半ば呆然としてその光景を眺めていた。


「――知事はお出かけなんですが」

女性秘書はポカンとした顔でそう言った。

「そりゃおかしい」

と、本宮は抗議した。「今日、ここへ来るように言われたんですぞ」

「そうおっしゃられても……。お出かけになってるんです」

「調べて下さい。K町長の本宮と、この時間、面会の約束が入っているはずだ」

「でも――」

と、女性秘書は困り切っている。

しかし、本宮の方もそう簡単には引きさがれない。

「知事にお会いするまでは帰りません」

と、ドカッと座り込んでやった。

全く、ふざけてる！　人を馬鹿にして！

カッカしていると、

「失礼」

と、声をかけられた。

「は？」

見れば、まだやっと三十になるかどうかという若い男。

「K町の本宮さん？」

「そうだが」

「どうぞ、こっちへ」

何とも無礼な言い方にムッとしたが、ここは我慢することにした。

一応、応接室らしい所へ通される。

「――知事はお忙しいので、僕が代りにお話します」

と、その若い男は言った。

「五年間の死亡事故ゼロを――」

「分ってます」

と、男は肯いて、「実は、新しい知事になって、まず財政赤字を少しでも減らす、という方針が打ち出されました。我々がチームを作って、切りつめられる出費を徹底的に削って行くことになったんです」

「はあ」

「で、その一つがこの『五年間の何とか表彰』というやつで。――ま、大した額じゃないが、賞金も出ているし、記念の楯も作っている。こんなものはやめようじゃないか、ということになりまして」

本宮は唖然とした。

「やめる? しかし――」

「知事の了承も得ました。今年から、この制度自体がなくなってるんです。お分りですか」

「なくなった……」

「そうです。ま、お気の毒ですが、何といっても赤字減らしが急務でしてね。悪《あ》しからず。——では、そういうことです。ご苦労様でした」

パッパッと早口で説明されて、いつの間にやら本宮は県庁舎から送り出されていた。

中止だって？　赤字減らし？

何てことだ！

本宮は、フラフラと歩き出した。——自分がどこへ向っているのかも、よく分っていなかった……。


「——即死でした」

と、署長は頭を垂れた。「お気の毒です」

克代は、夫がそこに横たわって、まるで眠っているかのように、穏やかな表情でいるのを見た。

「車が近付くのにも、全く気付かれなかったようです。もろにはねられて……。頭を打たれたので。——たぶんそれほど苦痛はなかったと思います」

「そうですか」

克代は青ざめた顔で、「――天罰ですわ」

「奥さん」

「天罰です」

克代はそう言って、溢れてくる涙を、こらえようともしなかった。

「――久保先生」

と、署長は顔を上げて言った。

久保は、町長室へ上ってくると、克代のそばに正座した。

「久保先生……。主人がとんだことを……。申しわけありません」

と、克代が頭を下げる。

「いや……。奥さん、町長は運が悪かったんです」

「久保先生……」

「しかし、もし生きておられたら……。私は町長を殺していたかもしれない。でも、亡くなってしまって、おかげで私は人を殺さずにすみました」

克代がうつむく。――久保は、本宮の遺体に手を合せて、

「署長さん。町長の葬儀は、きちんと出しましょう。十年間、この人は本当によくやってくれた」

「久保先生、しかし——」

「事実を明らかにするのはその後でもいい。——奥さんのためです」

「なるほど」

署長は肯いた。「もし、奥さんがそれでよろしければ」

「ありがとうございます」

と、克代は久保へ頭を下げた。

「いや、いいんです」

と、久保は首を振って言った。「これが、小さな町のいい所ですよ」

小さな町の町長は、この小さな会話を、もう聞くことができなかった……。

白馬の王子

1

その王子様は少し禿《は》げ上っていた。

お腹もやや目立つくらい出ていて、ズボンが結構きつそうだ。でも、歩く姿はまだ何とか軽々とした風情だった。

「あれが？」

と、智加《ともか》の親友である尾田久仁子《おだくにこ》は呆《あき》れ顔で言ったものだ。「あれがあんたの王子様？　ふーん……。ちょっと老《ふ》けてない？」

そう。「王子様」は確か四十八歳で、本のカバーの「著者写真」は明らかに十年近くも前のやつだったが、それでも智加にとっては「王子様」に違いなかったのである。

「でも——優しそうでしょ？」

と、智加は言った。

友人が一番賛成しやすいように言ったつもりである。

「そうねえ……。ま、そう言われてみりゃ、そうも見えるか」

久仁子の言い方はやや智加にとって期待外れだった。

でも、そんなことどうだっていい。全く気にならないってわけじゃないにしても、今は親友の久仁子より「王子様」の方が大切なのである。

「やあ、お姫様！」

と、山本鉄也《やまもとてつや》――智加の「王子様」はこういう名前なのである――がやって来ると、右手を差し出した。

「今日は」

と、智加は頭を下げながら握手をするという、いかにも日本的な挨拶《あいさつ》をした。

「色々大変だったね。しかし、君、とても良くやってたよ。本当だ」

「ありがとうございます」

「これからも頑張って――。やあ、久しぶり！」

山本鉄也は、通りかかったどこかのＴＶ局の男と話を始めて、もう智加に目を向けなかった。

智加は少しがっかりしたが、といって何を話していいものやら、よく分らない。

その意味ではホッとしてもいたのである。

向うだってそうだろう。四十八歳の中年男が、十五歳の少女と共通の話題を見付けるのは容易なことじゃないだろうから。

「——何か食べよう。お腹空《す》いちゃったよ」

と、尾田久仁子が言った。

「うん」

智加は、いつまでも山本を眺めていたかったのだが、自分もお昼をほとんど食べていなかったことを思い出し、久仁子と一緒に料理のテーブルの方へと近付いて行った。

「あんまり食べないんだね、みんな」

と、久仁子が料理をお皿に取りながら言った。

「うん。たいていの人は、お酒飲むばっかり。うんと食べて」

「もったいない。余ったらどうすんだろ」

と、久仁子は心配している。

——こういう立食形式のパーティには何といっても智加の方が慣れている。

根津《ねず》智加は十五歳の中学三年生だが、もう五年以上のキャリアを持つ「女優」だ。

尾田久仁子の方は別にタレントでも何でもなくて、ただ智加に誘われて、「夕ご飯を食べに」来ただけなのである。

今日は、「根津智加主演」のTVドラマの収録が終って、その打上げパーティ。もちろん、智加の知っているスタッフやキャストの顔が沢山見えるが、それでも半分近くは知らない人だ。

たぶん、TV局サイドの人で、直接製作に係っていなかった人たちだろう。

「おい、智加」

と、やって来たのは白髪の男性。

「あ、どうも」

と、智加は大人の挨拶をした。

「ご苦労さん。あのね、後で――たぶん三十分もしたら、ディレクターに花束の贈呈がある。君、渡してくれ」

「はい。お花は――」

「大丈夫。こっちで用意してある」

「分りました。まだ食べてていいですか」

「ああ、いいとも。ちゃんと少し前に声をかける。ただ、ここから出ないでいてくれよ」

そう言って、その白髪の男はまた人の間に紛れて行く。

「――今のは?」

と、久仁子が訊《き》いた。

「プロデューサー。市川《いちかわ》さんっていうの」

「へえ」

久仁子は分ったような分らないような顔で、「ね、プロデューサーって、何するの?」

と訊いた。

「さあ」

と、智加は首をかしげて、「よく知らないわ、私も」

そう。実際、役者は台本をもらって、それを演じるだけ。――そこまでの過程など、ほとんど何も知りはしないのである。

「――でも、智加、凄《すご》いじゃない。ドラマ初主演でさ。評判良かったわけだし。スターだね、もう」

と、久仁子は言った。

何しろ、普通の中学校へ通っているとはいっても、智加の顔は相当に知られている。学校でも智加はやはり目立つ存在だった。

「やめて」

と、智加は首を振って、「主役やっても、ギャラなんて大したことないし、他の仕事なんて決ってないんだもの、一つも。舞台とかやってる方が楽しいな」

「そう？」

それは確かに、ＴＶへ出て、日本中に顔と名前を知られるってことに対して、一種の満足感はある。でも、智加はお芝居をすることが好きなのだ。

「達者な子役」として、ずいぶんいくつものドラマに出て来た。でも、本当は所属している劇団の舞台に出るのが一番楽しいのである。

――智加は、人ごみの中に見え隠れする山本鉄也の姿をチラッと眺めては、小さく胸の痛むのを覚えた。

おかしいだろうか？　十五歳の少女が四十八歳の男に恋したら。

でも、そんなことだってあり得るのだ。

「あの作家、智加のお父さんと似てない？」

久仁子に言われて、ドキッとする。

「そ、そうかなあ」

そうだろうか。父と似ているから、心ひかれたのか。

山本鉄也は、智加が主演したドラマの原作者である。そこそこ有名ではあるが、「ベストセラー作家」と呼ばれるほどでもない。

智加も、このドラマに出る前は、山本の本を一冊も読んだことがなかった。ただ、これに出ることになって、何冊か急いで読んだ。

正直なところ、とりたてて面白いと思ったわけではない。でも、TVドラマの原作になった作品は、その中では一番面白かった。

製作発表の会場で、初めて智加は山本に会った。そして——恋した。

今、ドラマは全部の収録を終った。そして今夜が打上げのパーティ。

もう山本と会う機会もなくなるだろう、と思うと、寂しい気がした。

「あ、智加ちゃん」

と、人をかき分けて、ジーパン姿の女性がやって来る。

「小林《こばやし》さん。お花のこと?」

「聞いた? 今、外に用意してあるから。三田《みた》さんに渡すのよ」

「分ってる。何か言うの?」

「ううん。渡すだけのはず」

「はい」

小林由美《ゆみ》は智加といつも一緒に行動しているマネージャー。忙しく駆け回って、細かい所まで気の付く人である。もっとも、そうでないと、マネージャーなどつとまらないのだが。

「じゃ、久仁子、ちょっとごめんね。この辺にいて」

「ＯＫ」

と、久仁子は口の中へローストビーフを入れたまま、肯《うなず》いて見せた。

智加は一旦パーティ会場の外へ出た。

「これが花束」

と、小林由美から渡される。

「わあ、重い。高そう」

「見かけほどじゃないのよ」

と、秘密めかして打ち明ける由美に、智加は笑ってしまった。

会場の中では、アナウンスの声が大きく聞こえている。

「では、ディレクターの三田さん。どうぞ。——どうぞステージへ」

拍手の音。小林由美が、

「さ、行ってて。ステージのわきに」

と、智加を押しやった。

こんなことは智加も慣れている。

ステージに、髪を長くした芸術家風の印象の若い男が、面白くもなさそうに突っ立っていた。

ディレクターの三田伸彦《のぶひこ》だ。

まだ三十そこそこだが、このところ結構いい視聴率を取るというので、局の中で注目されていた。

確かに、智加の今度のドラマの中でも、びっくりするような目新しい手法を使ったりして、評判を取った。でも、智加は少しシラけていたものだ。

三田が、スタッフに対して、人を人とも思わないような扱い方をするからである。智加に対しても、笑顔一つ見せたことがない。——役者を、ただの「材料」としか見ていない。そんな感じだった。

「——では、ディレクターの三田さんへ花束を贈ってもらいましょう!」

と、司会者の声がした。

智加は、渡された花束を手に、背筋を伸ばした。

「渡すのは、もちろん我らの主演女優、根津智加ちゃんです！」

十五歳にもなって「ちゃん」でもないだろうけどね、と思いつつ、智加は笑顔をこしらえてステージの中央へ出て行った。

「色々ありがとうございました」

と、花束を差し出すと、三田伸彦は酔っているらしく赤い目をして、少しぼんやりした様子で智加を見つめた。

「君か……。ご苦労さん」

「いいえ。充分にやれなくて……。どうぞ」

と、花束を渡そうとするのだが、一向に受け取ろうとしない。

「いやいや。君のものなんだ、あのドラマは。――な、そうだろ？　みんな分ってる。ディレクターの名前でチャンネルを選ぶ奴なんかいやしないさ。君が目当てなんだ。みんな。そうだとも」

「そんな……」

「君を見たがってるロリコンの男どもが一杯いる。頭の中で君を裸にして喜んでるのさ。分るか？」

「酔ってるんですね」

と、腹が立って、「でも、みんな頑張って作ったんです。それをそんな言い方しないで下さい」

と言ってやった。

「言ってくれるね。君は『いい子』だ。分る? 『いい子』は『いい子』でしかない。君だってあと二、三年すりゃ、どこかの禿げたプロデューサーと寝てるのさ。それとも俺と、かな?」

甲高い笑い声を上げて、「じゃ、どうせなら今、どうだ?」

と言うなり、いきなり智加を抱いてキスしようとした。

これには智加もびっくりした。とっさのことで、手加減などしている余裕はない。

「ヤッ!」

と、思い切り三田の向うずねをけっとばしてやった。

「いてて……」

三田が、片足をかかえて飛びはねる。

智加は、腹の虫がおさまらなかった。

「エイッ!」

もう一方の足もけとばしてやった。当然三田はステージの上に見っともなく引っくり返ったのである。

「おい！」

ワッとスタッフが駆け寄ってくる。智加は花束をその辺へ放り出して、さっさとステージから下りたが——。

そこで足を止めて、目の前の女性を呆気《あっけ》に取られて見つめた。

「——ママ！」

と、智加はやっと口に出して言ったのである……。

2

「呆れたわね、あんたには」

と、根津恭子《きょうこ》は言った。「あのディレクターはこれからの注目株なのよ」

「株になんか、興味ないもん」

と、智加は言い返した。「それより、ママこそどうしたの？　仕事じゃなかったの、今夜？」

二人は、打上げパーティの開かれたホテルのロビーラウンジでコーヒーを飲んでいた。

いや、コーヒーは母親の根津恭子、智加はアイスクリームであった。

「キャンセルになっちゃったの」

と、恭子は肩をすくめた。「このところ、不景気なのね、やっぱり」

「へえ」

――智加はこの母と二人暮しである。

父と母が離婚したのは、智加が小学校の三年生のとき。どんないきさつだったのかはよく知らない。

しかし、結果として智加は母の下に残り、父は誰か他の女性と再婚したということだから、責任は父の方にあったのかもしれない。

母の恭子は、インテリアの仕事をしていて、それなりにいい収入もある。充分に智加を育てて行けた。

恭子は四十歳。二十五歳で智加を産んだ計算になるが、今も若々しい。スマートだし、仕事柄上品な服装をしていて、かつなかなか美人でもあった。

智加がＴＶへ出て有名になったりすることを、あるいは本人以上に喜んでいるかもしれない。

「プロデューサーの市川さんにはご挨拶したけど」

と、恭子は言った。「市川さんと一緒にいた、パッとしないおじさん、誰？　市川さんが『先生、先生』って呼んでたけど」

「ママ！」

と、智加はムッとして、「それ、原作者の山本鉄也先生じゃないか」

「へえ、あれが？」

と、恭子は目を見開いて、「本のカバー写真と全然違うわね」

「あれは少し古いの」

と、智加は言った。「失礼なこと、言わなかった？」

「あんたじゃあるまいし」

と、恭子は言い返した。「あ、小林さん」

マネージャーの小林由美が足早にやって来る。

「智加ちゃん、お友だちはちゃんとタクシー乗場へ連れて行ったから」

「ありがとう。――あ、いけね！」

智加はポンと自分の頭を叩いた。

「いけね、はないでしょ」

「忘れてた。ね、まだ久仁子、タクシー乗ってない？」

「さあ……。何人か並んではいたけど」

「ママ、ちょっと行ってくる。言っとかなきゃいけないことがあったんだ」

「いいけど——」

母の言葉など待ってはいない。智加は猛スピードでホテルの正面玄関へとすっ飛んで行った。

「——待って！」

ちょうど久仁子はタクシーに乗りこもうとしているところだった。「久仁子！」

久仁子がびっくりして、次の客へタクシーを譲ると、やって来た。

「何よ、智加」

「ね、明日のことで。——レポート、やってないんだ」

「何よ、それ？」

二人は、ともかくロビーの中へ戻って、手近なソファに腰をおろした。

智加としては、明日の社会科のレポートのことを頼むだけのつもりだったのだが
……。

「やあ」

と、声がして振り向くと、「王子様」がやって来るところ。

「あ、山本先生」

智加はポッと頰を染め、急いで立ち上った。

「さっきは凄い迫力だったね」

「あ……。恥ずかしい」

と、舌を出すと、山本は笑って、

「なに、女の子でもあれくらい元気のある方がいい。あの三田ってディレクターが後で言ってたよ、君のこと」

「何て言ってました？」

「あの子に惚れ直した、ってさ」

智加は情なくなった。

「君は本当にしっかりしてる。頑張れよ」

と、山本はポンと肩を叩いた。

さっきのパーティでも同じことを言っているのだが、もう忘れているのだろう。

「先生、もうお帰りですか」

と、智加は訊いた。

「うん？　いや、ちょっと——。人と待ち合せがあって……。じゃ、おやすみ」

いきなり「おやすみ」になるところが妙である。

山本が行ってしまうと、

「何か面白い人だね」

と、久仁子は言った。

「まあね……」

智加も、それ以上であると言う度胸はなかった。

「手紙でも出せば？　気にとめてくれてたら、きっと返事くれるよ」

「手紙かあ……。私、文章下手だからな」

「そんなこと。小説書くわけじゃないんだよ」

と、久仁子が笑って、「何なら、下書きしたげようか」

「久仁子！　親友！」

「何かおごれ」

「ケチ」

——久仁子は文章が達者である。智加としては、漢字の間違いだらけの手紙を、作家の所へ出す気にはなれなかった。

「本当にやってくれる?」

「いいよ。でも、どんなラブレターにするの? 程度ってもんがあるでしょ。『遠くからあなたを想っています』ってのから、『身も心もあなたのもの!』ってやるのまで」

「ま、とりあえず大人しいやつ」

「そうか。十五の乙女にふさわしいのをね」

「そうそう」

二人はラブレター談義を始めてしまった。

話し込めば三十分くらいアッという間。

「——久仁子、ごめん! もう帰らなくちゃね」

と、智加は腕時計を見て、びっくりして立ち上った。

「大丈夫。そんなにあわてなくても」

と、久仁子は首を振った。

二人は、正面玄関から出て、

「じゃ、明日学校でね」

と、手を振って別れる——はずだった。

「何、これ？」

と、智加は思わず言っていた。

タクシー乗場には、何か大きなパーティでも終ったのか、何十人もがズラッと列を作ってしまっていたのである。


「——うん。——うん、分ってる。大丈夫だよ、智加と一緒だから。——うん、分った。それじゃ」

久仁子は電話を切った。ピーッピーッと音がして、テレホンカードが戻る。

「何だって、お母さん？」

智加は一緒にボックスの中に入っていた。十五歳とはいえ、二人入ると、やはり狭い。

「うん、あんまり遅くなるようだったら、智加ちゃんのとこへ泊ってもいいって。でも、学校あるからね、明日」

「遅くても、マネージャーさんに送らせるから」

と、二人はボックスを出た。「ごめんね、こんなことになって」

「いいよ、別に」

と、久仁子は笑って、「三十分も待ってりゃ、タクシーに乗れる」

「そうだね」

智加は、ラウンジの方へ歩いて行こうとして、母が急ぎ足でやってくるのを見付けた。

「ママだ。――ね、どうしたの？」

「智加！　何してたの？　捜したわよ」

と、恭子は言って、「あら、まだ久仁子ちゃんも帰らなかったの？」

「うん、それが――」

と説明しかけると、

「あのね、ママ、急に仕事の打ち合せが入っちゃったの」

「今ごろ？」

「向うが急な出張で、どうしても今夜会いたいって言うのよ。あなた、小林さんと帰ってね」

「うん……。何か食べてっていい？　パーティであんまり食べなかったから」

「いいわよ。じゃ……はい、これ」

と、お金を出して渡す。「それじゃ、ママ行くわね」

「うん。タクシーは――」

と言いかけても、もう恭子には聞こえていない。

アッという間に行ってしまった。

「せっかちなんだから！」

と、智加が呆れて笑った。「ね、久仁子、何か食べよう。二人で食べても充分おつりがくる」

「ＯＫ！　おつり、ちゃんと返すの？」

「ちゃんともらっとく」

二人は笑って、遅くまで開いているレストランへと歩いて行った。

「智加ちゃん」

と、小林由美が足早にやって来る。

「小林さん。今、ママが――」

「ごめんなさい、私、社長に呼ばれてるの。あの件でね」

と、小声になる。「誰かさんがディレクターをけっとばしたでしょ」

「あ、ごめん」

と、智加は手を合せた。「謝っといて」

「何言ってんの！　あんなの当然。セクハラに黙って泣き寝入りの必要はないわ」

と力強く言って、「社長にもそう言ってやる！」

「わあ、凄い」

と、久仁子が面白がっている。

「じゃ、智加ちゃん、自分で帰ってくれる？　お友だちと二人なら大丈夫ね」

「うん、平気。ちゃんと帰れる。もう十五だよ」

「じゃ、明日、学校の前で待ってるね」

「はい。——頑張ってね」

「任せとけ」

と、小林由美はポンと胸を叩いて、大股に歩いて行った。

「いい人だね」

と、久仁子が見送って言う。

「うん。大好きよ」

智加はお腹を押えて、「——ペコペコ！　さ、何か食べよう！」

「うん」

十五歳の少女二人は、ほとんど飛びはねるような足どりで、ホテルのコーヒーハウスへと向ったのである……。

3

「あなた——根津智加ちゃん？」

何だか少し派手な感じのおばさんが、声をかけて来た。

本当は、こんなプライベートなときに声をかけられるのは好きじゃないのだが、こんなときにはけっとばすというわけにもいかない。

「はい」

と、智加は食べかけていたハヤシライスのお皿から顔を上げた。「そうです」

「まあ、やっぱり！　私、山本の家内よ」

と、そのおばさんは言った。

山本さん？　どこの山本さんだろ？

「原作者の山本先生の奥さんですか」

久仁子が先に気付いて言った。

「ええ、そうなの」

「あ、失礼しました」

智加はあわてて立ち上った。

「いいのよ」

と、山本の夫人は笑って、「あなた、子供とは思えないわね。とても上手だし」

「ありがとうございます」

と、智加は少し照れて、言った。

「本当よ。あなたのおかげで、原作なんかより、TVの方がずっと良くなったと思ったわ、私」

と、山本夫人は言った。

「はあ……」

そうですね、とも言えない。

「主人と待ち合せてたんだけど、何だか誰かと飲みに行くとかって。──しょうがないわね、本当に」

「さっき、ロビーで……」

「そう？　ま、いいの。どうせめったに帰っちゃ来ないんだから」

「そうですか……」

「あなた——お父さんは？」

「いません。あの——父と母、別れて」

「そう」

と、夫人は何となく違う目つきになって肯くと、「大変ね」

「いえ……」

「ごめんなさい、食事中に」

「いいえ。ありがとうございました」

「じゃ、しっかりね、応援してるわ」

「はい」

夫人がコーヒーハウスを出て行く。

智加は座って、

「いい人だね」

と言った。

「うん。でも……」

「でも？」

「苦労してるみたいだ」

と、久仁子は言った。

「そう？」

「幸せそうじゃなかったよ」

大人のような口をきくのが久仁子のくせである。しかし、久仁子のこういう直感はたいてい当っているのだ。

「食べよう」

と、智加は言って、ハヤシライスの残りをきれいに平らげた。

「何かデザートも？」

「充分、お金は足りる」

二人は、早速デザートを注文した。

「――結構、人がいるね」

久仁子は珍しげに、席の八割方埋っているコーヒーハウスの中を見回した。

「遅くなると、普通のレストランとか閉るでしょ。みんなこういうホテルのレストランに来るんだよね」

「ふーん、そうか」

と、久仁子が感心している。「――あれ? 例の『先生』じゃない?」

「あ、本当だ」

と、智加も顔を上げて、山本がコーヒーハウスへ入って来るのを見た。

空席を捜してブラッと二人のテーブルの方へやって来ると、

「――や、君たち。まだいたの?」

と気付いて言った。

「ちょっと、お腹空いちゃったんで」

と智加は言いながら、目は山本が手の中でジャラジャラいわせているキーに向いていた。

このホテルのルームキーだ。プラスチックの札が鎖でついているので、ジャラジャラ音がする。

先生、ここへ泊るのかな。でも、奥さんの話だと誰かと飲みに行くってことだったけど。

「そうか。若いんだからな。しっかり食べないと」

と、山本は肯いて言った。

何となく誰かを捜しているような気配に、

「先生、ついさっき、奥さんとお会いしましたよ」

と、智加は言った。

「え？」

山本はキョトンとして、「女房に？　ここで？」

「ええ。声かけて下さったんで」

「そう……。そうか」

と、山本は何度も肯いている。「で――何か言ってた？　どこへ行くとか」

「別に……。奥さんと待ち合せてたんじゃないんですか？」

「いや……。それもあったんだけども、うん」

と、何だかわけの分らないことを言っている。

「あ、奥さんです」

と、入口の見える席に座っている久仁子が言った。

山本が入口の方を振り向いて、正に妻が入ってくるのを見ると、何を思ったのか、手にしていたルームキーをパッと二人のテーブルの上に投げ出したのである。

智加が面食らっていると、

「あなた、ここにいたの」

と、夫人がやって来る。

「ああ。――この子たち、知ってるな」

「さっきお話したわ」

「そうか。妻の珠代だ」

と、わざわざ智加たちへ紹介している。

「ね、あなた、どこへ出るの？　飲みに行くんでしょ？」

「ああ。しかし、お前が来ても面白くないだろう」

「行かないわよ。ただ、車なら、途中マンションへ寄ってもらおうかと思っただけ」

「そうか。しかし――たぶん、プロデューサーの行きつけの店になるだろう。俺はよく場所を知らない」

「じゃ、いいわ。タクシーで帰る」

と、夫人は言った。

「乗り場、分るか？　ついてってやろう」

「大丈夫よ」

「いや、二つあって、一つはいつも空いてるんだ」

と、夫人を促して、「じゃ、君たち。おやすみ」

「おやすみなさい……」

と智加たちは答えて……。

「――どういうこと？」

と、智加はルームキーを手に取って、「〈905〉だって。このホテルだよね」

「うん……。あの先生、私たちが泊るっていう風に見せたかったんじゃない？」

と、久仁子が言った。

「どうして？」

「だって、奥さんは先生が外へ飲みに出ると思ってる。でしょ？」

「うん」

「でも、先生の方は部屋を取っている。――これ、どういう意味か分る？」

智加は、チラッと山本夫妻の出て行った出入口を見た。

「女の人……」

「ズバリ」

と、久仁子が肯く。「他に考えられないよ。誰かとここへ泊ることになって、表向き、奥さんには外へ飲みに行くと言ってある」

「ルームキーを持ってるとこを、奥さんに見られちゃまずいもんね」

智加はため息をついて、「あーあ、イメージダウンだ」

と言った。

「大人の世界だもん、色々あるよ」

小説とかで、年中「不倫の恋」なんてものを読んでいる久仁子は結構醒めたところがあるのである。

「だけど――」

と、智加は言いかけて、「私たちの知ったことじゃない、か」

「うん、そうだよ」

と、久仁子が肯く。

子供の知ったことじゃない。子供には分らない。――何度、そんなセリフを聞かされたことだろう。

でも、子供といったって、もう智加は十五歳だ。人を恋する気持だって、知っているのである。

「――久仁子」

と、智加は言った。

「うん？」

「悪いけど……一人で帰ってくれる？」

久仁子は目をパチクリさせて、

「いいけど……。智加、どうするの？」

「うん。ちょっと用事があるの」

久仁子はふっと笑って、

「それね」

と、テーブルの上のルームキーを指さした。

「うん」

と、智加は肯いた。「本当にそうなのか、確かめたい」

「やめといた方がいいと思うけどな」

と、久仁子は首を振って、「ま、気のすむようにした方がいいよ」

「うん。ごめんね」

そこへ、山本が戻って来た。

「やあ。——ちょっとキーを忘れてね」

と笑顔でごまかしつつ、ルームキーを手に取って、「じゃあ」

と急ぎ足で行ってしまう。

「〈９０５〉だったね」

と、智加は言って、「行こうか」

と伝票を手に立ち上った。

「智加――」

「ここは私が払うわよ」

「うん、分ってる。そうじゃなくて……」

久仁子はちょっと息をついて、「私も付合うよ」

と言った。

智加は笑って、親友の肩をポンと叩いた。

4

九階の廊下は静かだった。

「〈９０５〉って、こっちだ」

と、久仁子は案内図を見て言った。

「うん……」

智加も、正直なところここまで来て迷っていた。――たとえ山本が誰か恋人と会っていたとしても、それを知ってどうなるというのか。

部屋を見付けても、何がどうなるというものではない。智加は別に山本の娘でも恋人でもないのだから。

「智加、どうしたの？」

久仁子が先に行きかけて振り向く。

「うん……。何でもない」

と首を振って、智加も歩き出した。

「――静かだね」

「そうだね。大勢の人が泊ってるなんて、思えないくらい」

廊下のカーペットが、二人の足音を吸い取ってしまうようだ。

「――ここだ」

つい、声が小さくなる。ドアに〈905〉のプレート。

「まだ来てないね」

と、久仁子が言った。

「どうして分るの？」

「そういうときはね、〈ドント・ディスターブ〉って札をかけとくもんなのよ、普通」

「へえ」

智加は呆れたように、「どうしてそんなこと知ってるの？」

「小説じゃ、たいていそうしてる」

と、久仁子は澄まして言った。「それまではホテルのバーで飲んでる、ってのが、よくあるパターンみたい」

「やりそう」

と、智加は言った。「――どうしよう？」

「智加が決めなよ。私はどうでもいい」

智加は、閉じたドアの前で突っ立っている自分の姿を、まるでTVのモニター画面に映ってでもいるかのように眺めることができた。

それは「大人の世界」の前で途方にくれている少女の姿だった。――まだ、ドアは開けてくれない。

いつか、智加もそのドアを開けることができるだろうか……。

「――帰ろう」

と、智加は言った。

「いいの？」

「うん」

と、肯く。「いつまでも待ってらんないよ。渋谷のハチ公じゃないんだもの」

久仁子は笑って、

「じゃ、一緒に帰ろう」

と、智加の肩を叩いた。

二人は、エレベーターの方へと戻りかけた。

廊下がグルッと曲っていて、エレベーターは目に入らなかったが、チーンと音がして、扉が開くと、

「ハハハ」

と、少し酔った感じの男の声が聞こえて来た。

智加は足を止めた。――あの声。

「智加！」

久仁子が小声で言って、パッと手をつかんだ。「山本さんじゃない？」

声は、近付いて来た。

「今日はツイてる。こんな美女とね。――いや、本当だよ」

まずい！

智加と久仁子は身を翻《ひるがえ》して廊下を駆け戻った。

〈905〉のドアの前を通り過ぎ、その先の角を曲って、息を弾ませながら足を止める。

「見られなかったかな？」

「たぶん。――大丈夫だよ」

と、智加は言った。

久仁子は壁にぴったりと背中をつけて、「覗《のぞ》けば、〈905〉のドアが見える」

「うん」

智加は少し身をかがめて、久仁子の下から顔をそっと覗かせた。

「――お、ここだ、ここだ」

と、山本がルームキーのナンバーを確かめている。「デラックスツインだ」

「ゆったりしなきゃね、こんなときは」

「たぶん――」

「ああ。今夜はまるで二十歳も若返ったようだな」

と、山本は笑って、「君はいい匂いがする」

「ちょっと！　くすぐったい。──中へ入ってからにして」

「ああ……。何だ、鍵が入らないぞ」

「落ちついて。酔ってるんじゃないの？」

「大丈夫！　こんなことで……。ほら開いた！」

開いて当り前である。──ドアを開けると、

「さ、どうぞ」

と大げさに頭を下げる。

「失礼します」

「どうぞどうぞ」

山本は中へ入ると、素早く〈ドント・ディスターブ〉の札を外側のノブへかけた。

ドアがカチッと音をたてて閉る。

──智加も、久仁子も、しばらく無言だった。

智加は、その場にしゃがみ込んでしまった。

「──智加」

「今の……夢じゃないよね」

「うん」

「こんなことって……」

智加は何も言えなかった。久仁子は何も言わなかった。

だって、何が言えただろう。山本と一緒に〈905〉へ入って行ったのは、智加のママだったのだから。


ロビーも、人はまばらになっていた。

――智加と久仁子は、ロビーのソファに座って、時たま行き来する人たちを、ぼんやりと眺めていた。

いつまでもこんなことしててもしょうがない。

智加にも、それは分っていた。ずいぶん遅い時間だし、久仁子を家まで送らなくてはならない。

でも……。立ち上れない。立ち上るには、あまりにショックが大き過ぎた。

ママが……。でも、どうして！

「智加」

と、久仁子が言った。「どうする？」

「うん……。ごめんね。もう帰らなきゃいけないね」

「そんなことじゃないの。そんなの、どうだっていいんだよ」

「久仁子……」

「智加のママも大人だから。それに独りだし。――分ってあげなきゃいけない部分もあるよね」

「だけど……。何も、よりによって！」

智加にも分っていた。――ママが山本に興味を持って、近付いたのだろう。智加から、あれは原作者だと聞かされて、好奇心が動いた。

ママはそういう人なのだ。

でも、ママを許す気にはなれなかった。理解しろと言われても、いやなものはいやだ。

これはやきもちなんだろうか？　――ママにやきもちをやいてる？

これが、全然智加の知らない男とだったらどうだろう？　もちろんショックではあるだろうが、智加だって十五である。男と女の間に何があるか、知らないわけじゃない。

そう。たぶん、山本が相手だったから、ショックが大きいのだ。

「――ね、見て」

と、久仁子が智加の腕をつかんだ。

「え?」

「山本先生の奥さん」

確かにそうだ。――山本の夫人が、ロビーへフラッと現われた。

「何だか、様子がおかしいよ」

と、久仁子は言った。

夫人は、二人のいるソファの方へやって来たが、二人のことにはまるで気が付かない。

誰か人がいることすら、分っていないようである。

「――あの、奥さん」

久仁子が声をかけると、足を止め、ぼんやりと二人を眺めてから、

「――ああ」

と、我に返ったようで、「あなたたち、まだいたの?」

「奥さんもですか」

と、久仁子は言った。「タクシーで帰られたのかと思いました」

「ええ……。一旦帰ったの。でも、そこへプロデューサーの市川さんから電話が入って。あの人、プロデューサーと一緒だと言ってたのに……。嘘をついたんだわ。きっとどこかの女と――」

夫人は、ドサッとソファに体を落とした。「女と一緒なのよ。きっとこのホテルのどこかの部屋で。――じっとしていられなくて、またやって来たの。でも、どこを捜していいのかも分らないし、あてもなく歩き回って……」

智加は、夫人が深いため息をつくのを聞いて、胸が痛んだ。

もちろん、夫人の気持を理解するには、智加は若過ぎたかもしれないが、しかし、全然分らないわけではなかった。

恋人に裏切られる――愛する人に嘘をつかれるというのは、何と辛いものだろう！

「あなたたち、もう遅いわよ。帰らないの、まだ？」

と、夫人は二人を見て言った。「私みたいに、夫に裏切られたわけじゃないんだから」

冗談のつもりで言ったのだろうが、笑いが笑いになっていない。

「私、ちょっと電話かけてくる」

と、久仁子が立ち上って、電話ボックスの方へと駆けて行った。

——教えてやろうか。この人に。

ご主人の泊ってる部屋を。

でも、そうなると、智加のママも一緒にいるところを見られるわけだ。それは智加としても辛かった。

「——もう、帰った方が良さそうね」

と、夫人が大きく息をつく。「待ってても、どうせ朝まで出て来ないだろうし」

朝まで待つ。このロビーで?

智加は、そんなことなど、考えたこともなかった。——凄い、と思った。

久仁子が戻って来た。

「久仁子。お家に?」

「そうじゃない」

と手を振って座る。

「じゃ、どこへかけたの?」

「ちょっとね」

と、久仁子は言った。

すると、フロントの男が、

「山本様、いらっしゃいますか」

と、呼んだ。「山本珠代《たまよ》様」

「まあ、私だわ」

夫人が当惑した様子で立ち上り、「——私です」

と、フロントへ歩いて行く。

「ご主人様からお電話が」

「主人から？」

受話器を渡された夫人は、「——もしもし」

と、おずおずと話しかけた。

「——あなた。今どこなの？　——え？　〈905〉？」

智加は久仁子を見た。

「——ええ。それは構わないけど。——じゃ、そっちへ行くわ。——ええ」

夫人は電話を切ると、急いでエレベーターへと歩いて行った。

「久仁子……」

「〈905〉へ電話してやったの。大人っぽいしゃべり方で、『奥様が下で出て来るまで待ってるとおっしゃってますよ』って」

「じゃあ……」

「一人で泊ろうとしてた、ってことにした方がいいんじゃありませんか、って言っ
て切ってやった。奥さんに弁解しようとしてたみたいね」

「でも——ママは？」

久仁子が答えない内に、山本の夫人と入れ違いに、智加のママがエレベーターか
ら降りて来た。髪が乱れたままで、あわてて出て来たことが分る。

「ママ……」

智加が立ち上ると、向うも気付いた。

「智加！　それに久仁子ちゃんも——。何してるの、こんな時間まで」

と、目を丸くしている。

「ちょっと話し込んじゃって」

「何時だと思ってるの！　本当に——」

「ママ、打ち合せじゃなかったの？」

智加の言葉に、ママはぐっと詰って、

「そう――。まあ、色々あってね」

と逃げると、「じゃ、一緒に帰りましょ。夜が明けちゃう！　さ、早く早く！」

と、二人をタクシー乗場へと追い立てる。

本当に――大人って勝手なもんだってことを、智加は学んだ。

でも、その「勝手さ」を「可愛い」と感じられるのが、大人とうまくやって行くこつかもしれない。

「ね、ママ、お腹空いてない？」

と、タクシーに乗って智加は訊いた。

「空いてなんかいないわよ！」

と、ママは答えて――同時にお腹がグーッと音をたてた。

智加と久仁子は一緒に笑い転げたのだった。

金メッキの英雄

1

「おはよう」

と、いつも通りに声をかけたとき、相手が何も言わずにパッと目をそらしてしまったら……。

これはあんまり気持のいいものではない。

実際、安《やす》井良吉《いりょうきち》も面食らって——つい、ズボンの前でも開いているかと心配になって確かめてしまったのだった。

いや、大丈夫。ちゃんとチャックは上げてあるし、ネクタイだって、いつもの少しくたびれた三本の内の一本だし（もともと三本三千円で買ったものだ）、おかしいところはどこにもない。

じゃ、なぜいつもならニッコリ笑って、

「おはようございます」

と答えてくれる水江京子《みずえきょうこ》が、あんな風に彼と目が合わないようにして行ってしまったのだろうか。

「変だな……」

首をかしげつつ、安井は会社へと入って行った。

安井の勤める〈R商会〉は、このビルの二階分を借りている。社員数も百人に満たない中小企業。

安井は、欠伸《あくび》しながら、時代遅れなタイムレコーダーへと歩いて行った。

今朝は電車も遅れていなかったので、まだ五分くらいは始業に間があるはずだ。

――実際、どの会社にも「社風」というものがあって、この〈R商会〉の場合は、「遅刻にうるさい」ということであった。

そのくせ、昼休みは一時までなのに、オフィスに戻るのが十分も十五分も遅れる上司がいくらもいた。朝の遅刻とどう違うのか、たぶん誰にも説明できなかったが、それが「社風」という、わけの分らないものだったのである。

自分のタイムカードの位置は、もう手が憶えている。安井はごく自然に手をやって――戸惑った。

「うん？」

自分のカードがない。——さては誰かあわてた奴が間違えたな、と思って打刻済みの方へ目をやったが……。やはり見当らない。

「おいおい」

と呟《つぶや》きつつ、「庶務は何やってるんだ」

とブツクサ言ってロッカールームの方へ。

自分のロッカーを開けようとして——。ロッカーの扉につけた名札がなくなっている。二人で一つを兼用しているので、〈内山《うちやま》〉という三年ほど後輩の男と一緒なのだが、その内山の名札は入っているのに、安井のはなかった。

どうなってるんだ？

ともかく上着を中のハンガーにかけ、ロッカールームを出ようとして、

「おっと」

「あ——。安井さん」

内山だった。

「やあ、おはよう。何だか変だぞ。俺のタイムカードがないんだ。それにロッカーにも名札がない。クビってことかな」

と、安井が笑うと、内山は笑い一つ見せずに、

「大変ですね」

と言った。「気を落とさないで下さい」

安井は面食らって、

「おい……。いやな言い方するなよ。まるで本当に――」

と言いかけ、「まさか……。嘘だろ?」

「見なかったんですか?　タイムレコーダーの手前に貼り紙があったのを」

安井はあわてて駆け出した。バタバタとサンダルの音がいやに響く。

その貼り紙が目に止らなかったのは、ちょうど欠伸しながらその前を通っていたからだろう。

「――何だって?」

〈赤字の増大〉〈合理化の必要〉〈経営の建て直し〉……。えらくくどくどとした言い回しだったが、ともかく〈十人の社員〉を減らして、〈会社を身軽にする〉とその掲示は告げていた。

その十人の名前がズラッと並んで――。そのトップに、〈安井良吉〉とあったのである。

何度目をこすって見直しても、間違いはなかった。

「――安井さん」

いつの間にやら、水江京子がそばに立っていた。「どうするんですか?」

「どうって……。いつ、こんなこと決ったんだ?」

「知らなかったんですか?」

と、今度は水江京子の方がびっくりしている。「――あ、そうか。金曜日、お休みだったんですものね」

「うん。女房の実家で法事があって……。こんな馬鹿な!」

やっと、これが夢でも何でもないということが分った。

「安井か」

と、声がして、「どこへ行ってたんだ? 何度も家へ電話したんだぞ」

課長の大沢《おおさわ》だった。

「あの……」

「ま、ともかくそういうことだ。もう、タイムカードもない。机とロッカーの中に私物があれば今日持って帰ってくれ」

安井より年下の大沢は、至って冷たい男である。酒を飲んでも、酔うということがない。

「課長……。しかし、どうしてこんな――」

「不況だよ」

と、大沢はアッサリと言って、「仕方ないだろ。どこでもやってる」

「でも……どうして私が？」

安井が訊《き》くと、大沢は面白がっている表情になって、

「聞きたいか。お前が一番遅刻が多いからだよ」

と言ったのだった。


「――安井さん」

カタカタと音がして、水江京子がサンダルばきで追って来た。

「やあ。君のそのサンダルの音が聞けなくなると寂しいな」

と、安井は言った。

ビルの玄関である。――もう午後になっていた。

いくら、

「今日から来なくていい」

と言われても、やりかけの仕事もあり、あれこれ引き継ぎもあって、こんな時間

になってしまった。

「安井さん……。ひどいですね、会社も」

と、水江京子は言った。「私……何の力にもなれないけど」

水江京子は二十七歳。——四十八で、何の肩書もない安井に、どういうわけか親切にしてくれる。地味な感じの子ではあるが、誰からも好かれていた。

「いや、とんでもないよ。君のことは本当にありがたいと思ってる。こんなパッとしない中年男にやさしくしてくれたからね」

パッとしない、というのはまあ事実である。

「でも——どうなさるんですか？」

「さあ……。ささやかながら退職金ももらったし、しばらくは何とか食べていける。次の仕事をせっせと探すよ」

「頑張って下さいね」

京子の励ましは、安井にとって退職金以上に嬉しいものだった……。

「——じゃ、君も元気で」

「ええ」

安井はビルを出て歩き出したが、しばらく行って振り返ると、京子はまだ見送ってくれていた。

手を振って見せると、京子はまるで小さな子供のように、大きく何度も手を振り、ビルの中へと駆け込んで行った。

——いい天気だ。

ほとんど皮肉としか思えないような、秋の青空が広がっているのを見上げて、安井はため息をついたのだった……。

2

「行ってらっしゃい」

と、妻の弓子《ゆみこ》が玄関へ出て来る。「急がないと、あなた。また遅刻するわよ」

「ああ……。いや、大丈夫さ」

と、安井は言って、「じゃ、行ってくる」

「気を付けて」

家を出て、駅へと歩き出した安井は、少し行ってから振り返った。——もう弓子は見送っていない。

もちろんだ。毎朝のことである。いちいち見送ったりしてはいられない。

しかし——弓子に、「遅刻するわよ」と言われたときはドキッとした。

駅へ向う安井の足どりは、少しずつのろくなる。どうせ、遅刻のしようもないのだ。

風はもう冷たい。その風はことさら安井の身にしみた。

今日は……。今日こそは何とか話さなくては。

「今日こそ」というのには理由がある。今日は二十五日、月給日なのである。

もちろん、会社へ行っていない身で月給をもらえるわけがない。しかし、安井はまだ弓子に会社をクビになったことを言い出せずにいるのである。

明日言おう、明日こそは。そう思いつつ、もう二週間もたった。

毎朝、いつもの通りに家は出るが……。行く所もない。仕事を探すにしても、もともと人付合いの苦手な安井に、コネなどあろうはずもない。

重い足どりで駅の近くまで来ると、誰かがタタッと後ろから駆けて来て、ポンと肩を叩いた。

「ワッ!」

と、びっくりする。「久美《くみ》か!」

「のんびり歩いてて、大丈夫？　先に行くよ！」

一人娘の久美は、高校二年生の十七歳。さっさと父を追い越して、駅へと駆け込んで行った。

「久美……」

そう。――弓子と久美。二人の暮しが、安井の肩にかかっている。

「何とかしなきゃ」

と、安井は呟いたものの……。


安井は、ホテルKのラウンジでコーヒーを飲んでいた。

失業中の身にはぜいたくと言われそうだが、昼は近くで弁当を買って公園で食べたのである。コーヒーくらいは、まあよかろう。

一日をどこで過すか。――それが安井にとっては頭痛の種だ。

この三日間、社会人用の図書館に行って本を読んだり雑誌を見たりして、一日を過していた。しかし、それも何日も続くと飽きてくる。

決して仕事を楽しいなどと思ったことはなかったが、今となっては、どんなにつまらない仕事でも、ないよりはいいと思えるようになった。

何かいい仕事がないか……。

安井は、コーヒーをゆっくりと飲み干すと、腕時計を見た。——まだ二時半だ。

もう一杯もらおうか。ホテルだから、何杯飲んでも料金は同じだ。

ウェイトレスを目で捜していると、

「ね、あの人……。見たことある」

「シッ！　有名なヤクザよ」

という言葉が耳に入って来た。

ロビーがちょうど見渡せる。——屈強な男四、五人に囲まれて、一見したところ紳士風の初老の男がロビーへ入って来た。

「中谷《なかたに》っていったっけ」

と、ＯＬらしい女の子同士が話している。

「そう。中谷……弥一《やいち》？　確かそうよね。ここんとこ、どこかと争ってるんでしょ？」

中谷弥一か。——そんな名だったな、と安井は思った。

新聞やＴＶにこのところよく顔が出ているので、安井も知っていた。何とかいう暴力団の組長である。

今、他の組と派手な抗争を起こしていて、あちこちで撃ち合いがあり、一般の人も巻き添えでけがをしたりしている。

迷惑な話だが、中谷は知らん顔をして、マスコミなど無視している様子だった。

あれが、ヤクザの組長？

正直、意外だった。見たところ、どこの大企業の重役かという感じで、白髪の紳士である。ただ、周囲を固めている男たちが一見して普通でないので、それと分るというところだ。

中谷は、ロビーで待っていた他の男と握手をして、ホテルのエレベーターへ消えた。

安井は、コーヒー代を払うと、ロビーへ出た。

「また図書館へ戻るか」

と呟いて、ロビーの奥の売店の方へぶらぶらと歩いて行った……。

エレベーターから、男が一人出て来て、急ぎ足で歩いてくると、安井にドシンとぶつかった。

「おっと！　――失礼」

と、自分が悪くもないのに謝っているのは、安井らしいところだった。

すると、その男は安井を見て、

「いや、どうも」

と言った。「これを」

何やら、手に押し付けられたものがある。

重く、固く、そして熱が感じられた。

その黒光りする拳銃を安井が見下ろしている内に、男はさっさと行ってしまった。

「あの――」

と言いかけて、安井は振り向いた。

エレベーターの扉が開き、

「どこだ！」

「ぶっ殺してやる！」

という怒声がロビーに響き渡ったのである。

目を丸くして安井は突っ立っていたが、やがて、あの中谷を守っていた男たちの一人が、

「あそこだ！」

と、自分の方を指さすのを見て、やっと事情を察した。

「捕まえろ！」

ワーッと男たちが駆けて来る。

安井は、ほとんど反射的に逃げ出していた。――この銃が自分のものじゃない、と説明したところで、とても聞いてくれそうになかったのである。

普通だったら、とても逃げられるわけがなかった。何しろ安井は、足だって速いとはとても言えないのだから。

しかし――幸運にも、と言うべきだろう。ツアー客のトランクを満載した台車が、逃げる安井と追っかける男たちの間に割り込んだのだ。

男たちは足を止める間もなく、トランクの山にぶつかった。何十というトランクがロビーの床に転がり落ち、開いてしまうものもいくつもあって、男たちは立ち往生してしまったのだ。

安井は、正面玄関から外へ飛び出した。

ちょうどタクシーから降りた客とぶつかりそうになり、あわててよけたが――。

「安井じゃないか」

と言ったのは、課長の大沢だった。

「あ……。失礼！」

安井は駆け出した。

もう一人、タクシーから降りたのは、水江京子だった。

「課長さん、今の――」

「うん。安井だ。見たろう?」

「ええ。でも、どうしたんでしょう?」

水江京子は心配げに安井が走り去った方を見送っていた。

「さ、行こう。約束に遅れる。安井みたいにクビになるぞ」

大沢の言い方に、京子はムッとした。しかし、何を言っても仕方ない。

大沢についてロビーへ入ろうとすると、

「どこへ行きやがった!」

と、凄《すご》い勢いで大柄な男たちがホテルの中から飛び出して来て、大沢ははじき飛ばされてしまった。

「いて……。いてて」

と、尻もちをついて呻《うめ》いている大沢を見て、京子は思わず笑いをかみ殺していた。

それにしても――今のは何の騒ぎだろう。

男たちは、右へ左へと駆け出して行く。

京子は、まさか安井が追われているのだとは、思いもしなかったのである。

3

「もう食べようよ」

と、久美は言った。

「そうね……。お父さん、遅いわね」

と、弓子はため息をついて、「じゃ、あなた先に食べてなさい。お母さん、もう少し待ってみるわ」

久美は顔をしかめて、

「いいよ。——じゃ、もう少し待つ」

と言って、TVをつけた。

久美がブツブツ言うのも当然。もう九時だというのに、夕食は「おあずけ」の状態なのである。

「——お父さん、このところ変じゃない？」

と、久美はTVを見ながら言った。

「うん……。何となく、いつも重苦しい顔してるし。何か悩みごとがあるんだよ」

「変、って？」

「そうねえ……」

と、弓子も考え込んで、「会社で何かいやなことでもあったのかしら」

まさか、会社へ行っていないとは、思ってもいないのである。

「一度ゆっくり話してみるわ。でも、お父さん、根は楽天的な人だから――」

「お父さんだ」

と、久美が言った。

「帰って来た？」

「違う。――ＴＶ」

確かに……ＴＶに、安井の顔が出ていた。

「どうしたの？」

「分んない。――ヤクザの親分が撃たれたんだって」

「それとお父さんとどういう関係が――」

アナウンサーが、

「目撃者の証言から、犯人は、安井良吉、四十八歳と分りました。安井は銃を持ったまま逃走しており、行方が分っていません」

と言った。

「――嘘」

と、久美がポカンとしている。

玄関のチャイムが鳴った。

「お父さんかしら……」

弓子がボーッとしたまま出て行ってドアを開けると、

「警察の者です」

と、目の前に立った男が言った。「安井良吉さんのお宅ですね」

「はあ……」

弓子はパッとライトを浴びてびっくりした。

気が付くと、家の前は報道陣で埋め尽くされていて、数え切れないほどのカメラが、弓子に向けられていたのである。

実のところ、安井は我が家からそう遠くない場所にいた。

いや、ほんの数十メートル離れた所にいて、自分の家の前が人で一杯になっているのを眺めていたのである。――「眺めていた」という言い方はあまりに呑気《のんき》すぎたかもしれないが、しかし他に適当な言い方も思い付かない。

「何てことだ……」

と呟いて、安井は首を振った。

夢でも見ているのだろうか？　自分が殺人犯？　何でそんなことになるんだ？

もちろん、今となっては何が起ったのか安井にも分っている。

あの中谷弥一という組長を、相手の組の人間が射殺した。あれだけガードされていても守り切れなかったのだから、よほどの腕だったのだろう。

その犯人が、たまたま安井と似た格好をしていた。それはふしぎではない。一番目立たない格好――つまり、パッとしないサラリーマンの格好をしていたのだ。

そして、逃げる途中、安井とぶつかり、とっさの思い付きだったのだろうが、使った銃を押し付けて逃げた。

犯人も、まさかこんな結果になるとは思っていなかったのではあるまいか。

安井はただ、「追いかけられたので逃げた」だけなのだ。それが……。

ホテルの前で大沢に出くわしたのが不運だった。大沢が、

「逃げたのは、元の部下だ」

と警察へ話してしまったので、「犯人＝安井」ということになってしまったのである。

ちょっと考えてみりゃ、何でもない一介のサラリーマン（それも目下失業中の！）が、ヤクザの組長を殺したりするものかどうか、分りそうなものだ。

安井は、あの男たちに追いつかれる心配がなくなっても、しばらくは身を隠していた。何といっても、あちこち捜し回っているのだろうから、出て行くと出くわしてしまいそうな気がして、ずっと公園の植え込みのかげに潜んでいたのである。

やっと暗くなって、出て来たのだが――その何時間かの間に、事態はとんでもない所まで進んでいたのだ。

「冗談じゃないぜ」

と、苦々しく呟く。

すっかり犯人扱いである。――こうなったら、ノコノコと、

「ただいま」

なんて言って帰れやしない。

どうしたものか、と安井は電柱のかげに立って迷っていた。すると、

「失礼ですが」

と声をかけられ、振り向いてギョッとする。

いつの間にやら、目の前にマイクが差し出され、TVカメラが自分の方を向いていたのである。

「ご近所の方ですか?」

と、レポーターらしい女性が訊く。

「はあ……」

「あの、安井良吉さん、今大騒ぎですけど、ご存知ですか?」

「は?」

「TVで見ませんでした? 中谷組長を射殺して逃げてるんです。あそこの人だかりしてるのがその人の家なんですよ」

「そ、そうですか……」

「もし、直接安井さんのことをご存知でしたら、どんな方かうかがいたいんですが」

この連中、俺がその安井当人だとは知らないのだ! ——安井は呆《あき》れてしまった。

「よく知りませんね。見かけたことぐらいあるけど……」

「そうですか。残念だなあ。親しくしてらしたお宅とか、ご存知ありません?」

そんなもん、自分で捜せ！　安井は、

「思い当りませんね」

と言ってやった。

「そうですか……。どうも失礼しました」

「いいえ」

安井は、そのＴＶ局の連中がいなくなると、ハンカチを出して汗を拭った。――もし後で、安井当人だったと知ったら、きっとあのレポーター、ヒステリーを起すだろう。

「安井さん」

と、突然声をかけられ、びっくりして逃げ出そうとする。

「私！　水江京子です」

「――え？」

確かに、水江京子だ。安井は目をパチクリさせて、

「君……どうしてこんな所に？」

「安井さんのことが心配で、様子を見に来たんです。そしたら――」

京子は安井の腕を取って、「こんな所にいちゃだめ！　見付かりますよ。こっち

へ」

「う、うん……」

安井は、引張られるままに、京子について行くことになったのである。


「——もう一杯食べます？」

と、京子は、安井がたちまちラーメンを一杯平らげてしまうのを見て、言った。

「君……いいの？」

「私はいつでも食べられますもの」

と、京子は自分の分を安井の前に置いた。

「じゃ、もらうよ。ともかく——腹が減って死にそうだったんだ」

「どうぞ」

——京子は微笑《ほほえ》みながら、安井の食べっぷりを眺めていた。

「でも、おかしいと思ってましたよ。安井さんにあんなこと、やれるわけないのに」

「うん……。とんでもない偶然さ。しかし、あのとき、君もいたのか」

「大沢課長が、あんなにペラペラしゃべらなければ、もっと事情は変ってたと思うんですけどね」

――二人はホテルにいた。いわゆるラブホテルというやつである。

入るのに、安井はためらったのだが、「顔を見られずに入れるのは、こういう所だけ」と京子に言われ、納得した。

部屋へ入ってから出前のラーメンを二つ頼んで食べているというわけである。

「――これからどうするんですか？」

と、京子が訊く。

「まあ……警察も馬鹿じゃない。調べりゃ僕なんか何の関係もないってことが分るさ」

京子はちょっと笑って、

「安井さんって、楽天的なんだなあ。そこがいいところですね」

「君にほめられるとくすぐったいね。――ほめてくれてるんだろ？」

「もちろん」

と、京子は肯《うなず》いた。「でも――お宅で奥様やお嬢さんが心配なさってますよ」

「うん……。じゃ、電話してみる」

「そうですね。警察の人がどういう話をしたのか、うかがってみて、どうするか決めた方がいいですよ」

「しかし……。すまないね。君にまで心配かけちゃって」

「いいえ。安井さんのお役に立てれば……。ね、安井さん、その拳銃って、どうしたんですか?」

「え? ——ああ、あれね」

「どこかへ捨てたんですか」

「うん。——そう。公園に捨てた」

「ならいいけど、そんなもの持って歩いてたら、それこそ犯人扱いされちゃいますよ」

「うん……」

「じゃ、私、これで」

と、京子は立ち上って、「お金は一泊分で払ってありますから、大丈夫ですよ」

「すまないな。何しろ失業中の身じゃね」

「お気づかいなく。——じゃ、おやすみなさい」

と、京子が部屋を出て行きかける。

「水江君」

と、安井は呼び止めて、「君……よくこんな所、知ってるね」

大して考えもせずに言った言葉だった。

しかし、京子は少し寂しそうな表情になって、

「安井さん……。私のこと、女だと思ってないんでしょ」

と言った。

「え?」

「私だって、色々過去があるんですよ。——じゃ、おやすみなさい」

京子が出て行く。——安井は、何だか自分でもよく分らないままに、京子に悪いことを言ってしまったのかもしれない、という気がした。

「やれやれ……。何て一日だ!」

と呟くと、ベッドに引っくり返る。

弓子も久美も、きっと心配しているだろう。電話してやらなくちゃ……。

安井には他にも心配の種があった。——京子には嘘を言ったが、拳銃をまだ持ったままだったのである。

「弓子……。俺は人殺しなんかしてないぞ……」

空腹のところへ、ラーメン二杯。しかも、半日も歩き回ってヘトヘト。

当然のことながら眠くなり、安井は結局、家に電話しないまま、眠り込んでしまったのである……。

4

「久美！」

と、学校へ行く道で、仲良しのさとみが声をかけて来たとき、久美は気付かないふりをしようとした。

でも——そうだ。私が何かした、ってわけじゃない。何も逃げ隠れすることなんかないんだわ。

「おはよう、さとみ」

と、久美は言った。

「ね、見たよ。TV！　久美のパパ、凄いじゃん！」

さとみはやたら興奮している。「ね、いつから久美のパパ、殺し屋やってるの？」

「あのね……」

と、久美はため息をついて、「うちのお父さんじゃないって。お父さんにあんなことできるわけないよ」

「でも、新聞にも出てたよ」

たいていの人は、ＴＶと新聞で「こうだ」と言われると信用してしまう。その点は、久美もよく分っていた。

「信じらんないわよ」

と、学校へと歩きながら、「あのお父さんが……。いくら失業中で、やけになってたからって、急にピストル手に入れてヤクザのボスを殺す？　変だよ」

「そりゃそうか。――でも、見付かってないんでしょ？」

「だから心配。どこかで殺されてるんじゃ……」

「久美とお母さん、二人で暮してくわけ？」

「私も、学校やめて働くかもね。でも、十七歳で何ができる？」

「うーん。ブルセラとか？」

「馬鹿。――どうせ、学校なんてやめなきゃいけなくなるわよ。人殺しの子だもん、何しろ。きっと、さとみも口きいてくれないと思ってた」

「私、そんな人間じゃないもん。ＴＶに出る人って、何でも尊敬しちゃう」

と、妙な自慢をして、「久美にそんなこと言う奴がいたら、私がぶっとばしてやる」

「ありがと。さとみ一人、友だちがいれば充分」

父がいなくなって二日たった。マスコミは、「普通の男」が中谷を殺したというので大騒ぎしている。その一方で、殺された中谷の子分たちが必死で安井を捜し回っていた。

久美も母の弓子も、心配というよりは何がどうなっているのか見当もつかない、というのが正直なところだ。

久美も昨日は学校を休んだが、今日は思い切って出て来た。こうなると、先のことなんかどうでもいい、って気になる。

久美とさとみが教室へ入って行くと、一瞬、中が静まり返った。

みんな、久美の方を見ている。そして――。

「久美！　――ね、お父さんのサインもらって！」

「久美、一度会わせて！　お願い！」

「ね、久美――」

ワーッと久美はクラスメイトに囲まれてしまって、どうにも身動きできなくなってしまった。

ともかく分ったことは、父が（何だかよく分らないけど）ちょっとしたヒーローになってしまっている、ということだった……。


「――安井さんの奥さんですね」

そう呼びかけられて、弓子はもううんざりという顔になった。

「お話することはありません！」

と振り向きざま、ピシャリと言った。

ただ――その振り向き方が、少し勢いが良すぎたのと、ちょうど歩きながらコーンに入ったソフトクリームをなめていたせいで、考えてもいなかった結果になってしまったのだ。

ソフトクリームがベチャッと相手の上着の胸についてしまったのである。

「あ……。あの……ごめんなさい！」

と、弓子は言った。「すぐ拭《ふ》かないと……。ね、冷たいでしょ。風邪ひきます」

「いや、いいんです」
三十五、六か、がっしりした体つきの割にやさしい笑顔を見せるその男は、ちょっと笑って、「――大丈夫。そうやわじゃないです。刑事ですから」

「まあ。——刑事さん？」

弓子は、あの騒ぎ以来、初めて買物に出たところだった。何しろ家の回りをＴＶ局の車がうろうろしていて、出るに出られなかったのである。

「池尻《いけじり》といいます」

と、その男は言った。「中谷の子分が、ご主人を捜していること、ご存知でしょう？」

「ええ」

「もし、奥さんにも万一のことがあっては、というので、上司から警護するよう言われて来たんです」

「あの——私を、ですか？」

と、弓子は呆気《あっけ》にとられて、「ご苦労さまです」

「しかし、奥さん」

「はあ」

「この涼しいのに、よくソフトクリームなんか食べられますね」

弓子は、ちょっと面食らって、

「でも、好きなんですもの」

と言った。

——結局、池尻というその刑事が「荷物持ち」をつとめてくれたので、弓子は予定していなかったものまで、やたら沢山買い込むことになってしまった。

「すみません、どうも……」

と、弓子はさすがに恐縮したが、池尻は気にする様子もなく、

「ご心配いりません。大した荷物じゃありませんよ」

と笑っている。「しかし——大変ですね」

「さっぱり分りませんわ」

と、弓子はため息をついた。「主人が会社をクビになってたというだけでもショックなのに……。おまけに人を殺した、だなんて」

「でも、すっかりヒーローですよ、ご主人は」

「そんなことでヒーローなんて……。夫にヒーローになってほしくなんかありません。当り前の人でいてほしいだけ」

弓子の言葉に、池尻は少し間を置いて、

「——いや、いい奥さんをお持ちで幸せだな、ご主人は」

と言った。

弓子は少し照れて赤くなったのだった……。

そうだ。

もう、出て行かなくては。

安井はそう心に決めた。——それが午後の三時だった。

水江京子が帰ってくるまでには、三時間もある。出ていく用意をする時間は、充分にあるはずだった。

ところが——京子のアパートは小さいとはいえ、きちんと掃除をし、使った茶碗を洗ったり、ゴミをまとめたりするのに、いやに時間がかかってしまった。

安井は、一晩ホテルで眠り、翌日起きてみて、すでに事態がとんでもない所まで行ってしまっているのを知り、焦《あせ》った。

そこへ京子がやって来て、自分のアパートへと安井を連れて来たのである。

しかし、二人の間に何もないとはいえ、女の子の一人住いの所にいつまでもいられはしない。

もう行こう。——京子に迷惑をかけてしまう。

と、出て行こうとしたら、

「ただいま」

と、京子が帰って来てしまったのである。

「――お帰り」

時計を見て、安井は初めてもう六時になってしまっていることを知って唖然とした。

「夕ご飯、作りますからね。――座ってて下さい。どうかしたんですか?」

「いや……。君、いつまでも僕を――」

「そんなことどうでも……」

と言って、京子は、「部屋、お掃除して下さったんですか?」

「うん」

京子は、買物の袋を置くと、

「出て行くんですね」

と言った。

「ああ。だって……いつまでもこうしちゃいられないだろ」

「そう……。そうですね」

と、京子は目を伏せて、「でも――夕ご飯だけ食べて行って!　いいでしょ?」

「うん。それじゃ……」

「良かった！」

と、笑顔になって、「奥様に電話した？」

「いや。何だか、気後れしてさ」

「だめなんだ。——でも、ちゃんとかけてあげないと。心配してらっしゃいますよ」

「分った。じゃ、夕飯を食べたら、かけるよ」

と、安井は言った。

「そうして下さい」

と、京子は言って台所に立ったが、少しして振り向くと、安井の方へやって来た。

「どうかしたの？」

「安井さんが、奥様に電話したら、もう安井さんは私のものじゃなくなるから……」

そう言って、京子はいきなり安井に抱きついて来た。

「水江君……」

「京子、と呼んで。一度だけでいいから」

と、安井の胸に顔を埋めながら、京子は言った。

「京子……」

「ありがとう……。ありがとう」

京子は二度言った。二つの「ありがとう」は、どこか違っているようでもあったが、どう違っているか、安井には分らなかった……。

5

「いや、久しぶりだな、こんなごちそう」

と、池尻が息をついて、「申しわけないですね、こんなことまで」

「いいえ、とんでもない」

と、弓子は微笑んで、「もう少しいかが?」

「いや、もう満腹です」

「私たちのこと、守ってもらうんだもの。しっかり栄養とっといてもらわないと」

と、久美も言った。

弓子は、久美がすっかり元気を取り戻しているのを見て、ホッとしていた。

「――お父さん、何してるのかなあ」

と、久美は言った。「絶対生きてるよ。お父さんみたいな人って、細く長く生きるんだって、みんなの意見が一致したの」

「まあ」

と、弓子も笑った。

「細く長く、か」

と、池尻が言った。「しかし、男はいつも憧れがあるもんだよ。太く短く生きたい、って気持がね」

「でも、そんなの勝手だよ」

「勝手？」

「細くても、長く生きてほしいって、家族なら思うもの。――家族を喜ばせることだって、立派な仕事だと思うな」

「久美。生意気言わないの」

「はい」

と、ペロッと舌を出す。

電話が鳴って、弓子が立った。

「またTV局かしら。——はい。——もしもし。——あなた！」

弓子の声に、久美も池尻もパッと立ち上っていた。

「——大丈夫なの？　——良かった！　もっと早く連絡してくれたら……。待ってね。久美に代るわ。——あ、待って。刑事さんがいらっしゃるの」

池尻が電話に出る。

「——安井さんですか。今、どこです？　——いや、ここへ帰るのはまずい。中谷の子分がどこで見ているか分りません。——ええ、分ってますが、ともかく向うはそう思ってますからね。——じゃ、こうしましょう。そこで待っていて下さい。僕がお迎えに行って、そのまま署へ同行します。——いや、逮捕じゃありません、心配しないで下さい。——ええ、分りました」

池尻が、メモを取ってから、久美へ受話器を渡した。

「お父さん？　——うん、平気だよ。すっかり人気者だもん。——え？　——うん、分った」

久美は電話を切ると、「お母さん。お父さんが、好物のカレーを作っといてくれって」

池尻が目を丸くして、

「さすがにご夫婦ですね」

と、言った。

今夜の夕食はカレーライスだったのである。

ドアをノックする音がした。

「――どうぞ」

と、安井は言った。「開いてます」

ドアが開く。

「安井さんですか。池尻です。初めまして」

と、入って来て、「ここは？」

「元の会社で同僚だった子の部屋です」

「ほう。――しかし、よく逃げていられましたね」

池尻は息をついて、「じゃ、行きましょうか」

「ええ。ちょっと待って下さい。今、彼女が……」

カタカタと音がして、京子が外から戻って来た。

「安井さん。――この方は？」

と、玄関を入って、池尻を見る。

「刑事さんだ。一緒に警察へ行くんだよ」

「でも、表にパトカーなんかいなかったわ」

と、京子が言った。

いきなり池尻が京子の首を左腕でしめ上げると、拳銃を抜いた。

「京子！」

と、安井が目を丸くする。「――そうか！　お前だな、あのとき逃げたのは」

「代りをつとめてくれてありがとう」

と、池尻は言った。「あんたが死んでくれると、こっちは全く疑われなくてすむってものさ」

池尻は、京子の頭に銃口を当てた。

「やめろ！　何するんだ！」

「拳銃を持ってるだろう。出せ」

「分った。――分ったよ」

安井は、たたんだ上着の下へ入れてあった拳銃を出して来た。「こんなもの、いつだって返してやる」

「安井さん……」

と、京子が言った。「この男を撃って！」

「京子――」

「二人で心中ってのはどうだい？　マスコミがさぞ喜ぶぜ」

と、池尻は言った。

「安井さん！」

「しかし――」

「ご家族のことを考えて！　奥様やお嬢さんも殺されるわ」

安井はハッとした。――弓子と久美には、この池尻が本物の刑事でないと分ってしまう。となれば、池尻は二人をどこかへ連れ出して殺そうとするだろう。

「おい。どうするんだ？」

池尻は、安井がガタガタ震える手で拳銃を握るのを見て、笑った。「――それで当ったら奇跡だぜ。おい、慣れないことはするもんじゃないよ」

そのとき、京子が一瞬の隙をついて、池尻の左腕にかみついた。

「いてっ！」

池尻がひるむのを、京子は突きとばし、安井の方へ駆け寄った。

「危い！」

と叫んだのが、安井だったか京子だったのか——。

銃声が一発、辺りに響きわたった。

「——お父さん！」

と、久美が警官と一緒に駆け込んで来た。「今、パトカーが……」

久美は、玄関で足を止めた。

玄関の上り口にぐったりと倒れているのは、池尻だった。

「久美……。大丈夫か！」

「うん……。この人が出てってから、本物の刑事さんが来て。こんな人のことは知らないって……。お父さんが撃ったの？」

すると、池尻が頭を上げた。久美はギョッとして飛び上った。

「大丈夫……。もう、撃つ力はないよ」

と、池尻は切れ切れの息の下で言った。「久美君……。やっぱり……細く長く……生きる方が勇気がいるんだ……」

そして、池尻はがっくりと頭を落とした。

「——安井さん」

と、京子は言った。「ありがとう。命を助けて下さって」

「え……。いや……」

安井は戸惑った。安井の手から拳銃をとって、池尻を撃ったのは京子なのだ。

しかし、京子はちょっとウインクして見せて、

「これで、本当のヒーローですね」

と言った。

安井は、息絶えた池尻を見下ろして、

「――ヒーローなんて、いやなもんだ」

と呟くと、久美の肩を抱いた。「母さん、大丈夫か？」

「うん。――きっとカレーを作ってるよ」

「そうか」

安井はちょっと笑って、娘の肩をしっかりと抱いたのだった……。

待ちわびる女

1

「出かけてくるわ」

と、母に声をかけたとき、布子《きぬこ》は一瞬緊張して母が何を言い出すか、待った。

しかし、母はただ、

「遅くなるの?」

と訊《き》いただけで、居間から出て来ようともしない。

布子は半ばホッとしながらも拍子抜けした気分で、

「食事はしてくるわ。色々話もあるし」

と言いながら、もう靴をはいている。

「あんまり遅くならないで。今風邪ひくと大変よ」

母の言葉は聞き流し、玄関を出ると、晩秋の風はもう冷たくさえある。

昼を少し回ったあたり。天気は何とか持ちそうで、布子は傘を持つのはやめにした。

——少し急ぐと、バスにちょうど間に合った。「助走」をつけるにはいいかもしれない。

空いた席を見付けて座ると、

「あら、布子」

と、振り向いたのは、小学校のときの友だちだった。

「あ、久しぶりね」

「元気？」

「まあね」

と、布子は当たりさわりのない返事。「あなた……もう産まれたの？」

友人は、二年前に結婚していて、この前やはりバスで会ったときにはお腹が大きかった。

「うん。三か月過ぎたわ。今日は母が来てくれてるから、その間に買物」

見た目にも少し太って、ゆったりとした落ちつきがある。高校生のころ、一緒に行ったロックコンサートで、涙を流しながら叫んでいた、あの女の子と同じ人間とは思えない。

もう二十九だ。いつまでも同じでは、それこそ大変だが。

「布子、まだ独り？」

「うん。――一応ね」

「一応、って？　ははあ、さては不倫か」

「違うわよ」

と、布子は笑って、「来月結婚する予定なの」

「へえ！　おめでとう。どうして知らせてくれないの？」

「内輪にしようって……。父が死んでまだ半年でしょ」

「ああ、そうね……。でも、通知はちょうだいね」

「うん。もちろん」

客がワッと乗って来て、その中の、同年輩の女性が、布子の友だちに声をかけて来た。どうやら、赤ん坊を通じての知り合いらしく、布子はそれきり口をつぐんで、却ってホッとしていた。

窓へ目をやると、真新しいマンションが目に入る。

あそこは……あのころ古い雑貨屋さんだった。そう、憶えている。

人は、建物が建て替ると、前はそこが何だったのか、思い出せないものだ。布子だってそうである。

けれども——間は飛ばして、十年前のことならば、布子はかなりはっきりと思い出すことができる。

二人で歩いた道、二人で座ったベンチ。二人でコーヒーを飲んだ喫茶店……。

そのほとんどが、今はもう消えてしまった。

十年。——十年。

長くもあり、たってしまえば短くもある。それは一夜一夜の長さに比べれば、まだそれほどでもないように思えた……。

仁志《ひとし》……。憶えてる？　今日は十一月の二十五日。

十回めの、十一月二十五日よ。

仁志……。あなたは生きてるの？　私が生きてることさえ、知らないんじゃないの？

布子は、バスが駅前のにぎやかな通りに入るのを見て、目を車内の広告へ向けた。

おかしなものだが、走っている電車やバスから人ごみを眺めていて、もし彼を見たら、と思うと、いっそ何も見たくないのである。

「布子！　またね」

友人が立って行く。布子は小さく手を振った。

友人は駅より一つ手前のバス停で降りて、スーパーに買物に行くのだろう。

もう一つ行けば駅前で、終点ではないが、ほとんどの客がここで降りる。

しかし、駅までのわずかの距離がいつも車のラッシュでなかなか進まず、よく事情を知っている人は、一つ手前で降りて歩く。その方が早いのである。

毎朝の通勤で、布子もこのバスを使っていたが、二十五、六までは一つ手前で降りて歩いていた。それが、一台早いバスにして、駅まで乗って行くようにしたのは、この二、三年。

やはり、疲れの残る年齢になったのである。

いつからそうする、とはっきり決めたわけではない。いつの間にか変っていたのだ。

今日も大分手間どって、バスは駅前に着いた。

「お待たせしました」

と、運転手が珍しくマイクを通して言った。

朝のラッシュ時には何も言わないのに。

布子はバスを降りると、そう急ぐでもなく、駅への階段を上っていく。

公園に入ったのは、午後の二時を回った辺りだった。

――今日は雨にならなくて良かった。

曇りがちで少し寒いが、雨よりはよほどましである。

公園で遊ぶ親子連れの姿は少なかった。

天気がいいと、ずいぶん大勢の子供たちが芝生で駆け回っていて、母親たちはそれを離れて見守りながら、おしゃべりをしている、というTVのCMのような光景が見られる。

布子は、近くの売店で買ったパンの紙袋を手に、広い公園の中を歩いて行った。

ここは都心の公園にしては広く、静かで、ちょっと別世界のような雰囲気がある。

木立ちの間を抜けて行くと、公園の中央の池に注ぐ小さな滝の音が聞こえてくる。

そう、あのベンチ――。大丈夫。空いてるわ。

布子はホッとして、今日は幸先《さいさき》がいい、という気がした。――妙なものだ。もう十年目なのに。十年間、ずっと期待は裏切られて来たのに……。

そのベンチに、余分に持って来たハンカチーフを敷くと、布子はその上にそっと座った。

さあ……。水の揺れる池を背に、これから何時間か待たねばならない。大した苦労じゃない。一年間、この日を待つことに比べれば……。布子は、退屈しのぎに持って来た本を出してパラパラとめくった。どうせ頭には入らないのだ。

耳に入るのは、後ろの池に注ぐ滝の水音ばかり。

――十年前も、この音は少しも変らずに聞こえていた。

仁志……。今年こそは。きっと、きっと来てくれる。仁志……。

不意に誰かがベンチに座った。布子はびっくりしてわきを見た。

安物のコートをはおった五十がらみの男で、どう間違っても仁志ではない。仁志は今年三十になったところである。

その男は、布子のことなどまるで気付かない様子で、ぼんやりと足下を見つめている。

その内、どこかへ行くだろう、と布子は思って、気にしないことにした。

本へ目を戻して、ページをめくっていると――。

「売り値は？」

という声がした。

どこから聞こえたのか分らず、布子はキョロキョロしていたが、どう見ても隣の男は、全く布子を見てもいない。

といって、近くには人がいない。——空耳？　首をかしげて、また本へ目をやる。

「値段は？」

今度はそう聞こえた。

「——何か言いました？」

と、布子は、隣の男に声をかけた。

「いや、失礼」

男は、小声で言った。しかし、相変らずじっと足下へ目をやったままだ。

「あの……」

「ご心配なく。——警察の者です」

「え？」

「聞いていないふりをして下さい。——ここで何を？　本を見たまま、返事して下さい。すみませんが」

布子は戸惑いながら、言われた通りに、

「——人を待ってるんです」

「ここで？ よそにしてもらえませんか」

「だって、他で待ったら会えなくなります。何ごとですか？」

男はチラッと前の広場を見渡して、

「ここで麻薬の取引があるという情報が入りましてね」

と言った。「張り込んでるんです」

「まあ」

「あのベンチで引っくり返って寝てるのも、向うで肩を寄せ合ってる男女も、刑事です」

と、男は続けた。「あなたがここに座ったんで、売り手か買い手が来たのかと思ったんです。しかし、どうやら関係ないようだ」

「もちろんです」

「どうしてもここでないとまずいんですか？」

「はい」

「じゃ、結構です。ただ……危いこともありますからね。あの寝ているのが起きたら、しばらくで結構ですから、ここを離れて下さい」

「――分りました」

布子は本を見たまま答えた。

男は、欠伸《あくび》をして、ウーンと伸びをすると、立ち上ってブラブラと歩いて行った。

——麻薬の取引？

布子は何となく、その辺を歩いているアベックや浮浪者まで、みんな怪しいような気がして、つい目で追ってしまったのだった……。

2

「仁志……」

「ごめんな」

「うん。——しょうがないよね」

布子はしっかりと仁志の手を握りしめていた。

しかし、ただひたすら握りしめていても、それは何の役にも立たない。里見《さとみ》仁志の父の、何百万もの借金を、返してはくれないのである。

「もう……会えなくても、仁志のこと、忘れないよ」

布子は、できるだけ気楽にそう言うつもりだった。少なくとも、「自分は大丈夫だから」と、仁志に言いたかった。

しかし、いざそう言ってしまうと、涙が溢《あふ》れて来て止らない。

「布子……」

と、仁志が布子の肩を抱く。

「ごめんね……。みっともないね」

午後。まだ夕方というほどの時間でもなかった。

公園にはぶらぶらと散歩する人たちも何人かいて、池の前のベンチで泣いている布子の方を、好奇心を丸出しにして眺めていく。

「人が見て、どう思ったって構うもんか」

と、仁志は言った。「俺たち、何も恥ずかしいことしてるわけじゃないんだ」

「そうよね。――そうだよね」

布子は、グスンとすすり上げて、「どこに行くか分らないの?」

「ああ……。何しろ借金取りから逃げなきゃいけないんだ。転居届を出して行ったりしたら、すぐばれる」

里見仁志。――同じ大学の一年上だ。

十九歳の布子、二十歳の仁志。年齢は若いが、二人はもう三年余りの付合いだった。

高校のときから、半ばみんなの公認のカップル。同じ大学へ進んで、お互い、両親ともなじみになっていた。

何ごともなければ、たぶん二人は卒業して数年の内には結婚していただろう。そして二人とも、自分たちの身に、

「何ごとも起るわけがない」

と、信じ込んでいた。

それが——わずか三か月前、仁志の父の経営する会社が倒産寸前となり、古くからの付合いだった知人から借金してその場をしのいだのだが……。

その「知人」は裏で暴力団とつながっていた。

たちまち、仁志の父の会社は乗っ取られ、別荘も自宅も、次々に担保として押えられてしまった。

布子も、仁志とほとんど会うことができなかったので、何が起っているのか、やきもきしながらも一向につかめなかったのである。

そして、久しぶりにこの公園に呼び出された。——お天気のいいときには、二人はよくここで日なたぼっこをして、とりとめのないおしゃべりをした。

ここから散歩に出ることもあった。仁志は足が強くて、何時間でも平気で歩いたものだ。

しかし、今日は——。

布子は、前夜の電話でおおよそのことは聞いていたが、直接会ってみると、胸が迫って、

「離れたくない！」

と思うだけだった……。

「——みっともないよな。夜逃げなんて」

と、仁志は無理に笑って、「本当にそんなことするなんて、思ってもみなかった」

連日の取り立ては激しさを増して、仁志の母はノイローゼになり、身の危険さえ感じるようになって、仁志の一家は、

「逃げよう」

と、決心したのである。

「仁志……。手紙、くれる？」

「出せるようになったらな。——下手に出して、もしお前の所が巻き添え食ったりするといけないって……」

布子はびっくりした。そんなことまで、考えてもいなかったのである。

「じゃ……。早く行って」

と言いながら、布子は仁志を抱きしめて離れなかった。

「今日は……十一月二十五日か」

と、仁志は言った。「よし、それじゃ、来年の今日。――もし、それまで連絡できないとしても、来年の今日には、必ずここへ来るよ」

「うん、分った」

正直なところ、そのときには、「一年も会えない！」ということの方にショックを受けていた。

逃げて身を隠すといっても、何か月かすればかたがつくだろうと思っていたのである。

「じゃ、約束よ。何があっても、来年の十一月二十五日はここに来る」

と、布子は一旦仁志から離れて、じっとその目を見つめながら言った。

「分った。――じゃ、毎年、この日にはここへ来て、お互い今どうしてるか話そう。な？」

「うん」

布子は肯《うなず》いた。毎年、だなんて！　年に一回しか会えないみたいじゃないの、それじゃ。

ともかく今は布子も仁志の言っていることに何でも「うん」と言うしかなかった。

きっと、一か月もしたら、

「心配したほどのことじゃなかったよ」

と、笑いながら帰って来る。

そう。そして、大学にも戻れるだろう。

だって――だって、何も悪いことなんかしてないのに、そんなひどい目にあうわけないじゃないの！

布子にとって、その理屈は絶対に正しいものだったのである。

「――もう行かなきゃ。――じゃ、元気でいろよ」

「仁志！　待って！」

と、布子は仁志の腕をつかんで――。

昼間だろうと、誰が見ていようと、構わなかったのである。布子は仁志とキスした。

どうして、仁志に何もかもあげておかなかったんだろう、と……。そのときに初めて布子は考えたのだった。

「じゃあな！」

と、仁志は駆け出す。

「仁志！　――仁志！」

追いかけはしなかった。しかし、布子はその場に立って、仁志の姿が見えなくなってもなお、じっとその方角を見つめていた。

やがて、涙で視界がふっと曇った……。

「仁志……。仁志……」

――仁志。どうして帰って来てくれなかったの？

あんなに約束したのに。私は毎年毎年、ここへ来ているっていうのに……。

そして――もう今日が十年目だ。

仁志。今、どこでどうしてるの？


頭が前へガクッと動いて、布子はハッと目を覚ました。

眠っちゃった！　あわてて周囲を見回す。

しかし、そう長く眠っていたわけではないようで、布子はホッとした。

気が付くと、開いていた本が足下に落ちている。布子は、あわててそれを拾い上げると、手で汚れを払った。

するとーー誰かがそばに来て言った。

「ーー座ってもいいですか」

だめ、とは言えなかったが、正直なところあまり喜んで一緒にいたくなる相手じゃなかった。

浮浪者というほどでもないが、たぶん失業中で、お金がないのだろう。ひげのび放題で、髪も寝ぐせがついて妙な具合に立っている。見たところ、そう年齢《とし》でもないと思うのだが、髪は真白に近かった。四十か五十か……。ともかく顔の印象より、全体がずっと老《ふ》けて見える。

「ーーええ」

と、布子は少しベンチの端の方へ寄った。

「どうも」

その男は、反対の端に、一応多少遠慮している様子で座り、すり切れたジャンパーから、クシャクシャになったタバコを取り出し、一本だけ残っていたのをくわえて、包みをギュッと握り潰し、足下にポンと捨てた。

そしてまたポケットを探っていたが、

「――すみません」

と、火の点いてないタバコを指に挟んで、「火、ありますか?」

弱々しい感じの声なので、布子にはよく聞き取れなかったが、言うことは見当がつく。

「私、タバコは喫いませんので」

と、布子は言った。

男の顔に、戸惑ったような表情が浮んだ。

「――そうですか。どうも」

と、小さく呟《つぶや》くように、かすれた声で言う。

男は、どこかにマッチでも落ちていないかと捜すように、その辺をキョロキョロと見回している。――そう都合良く、マッチやライターが落ちているわけがない!

布子は、そのとき、ふと思い出してバッグを開けた。――ここへ来る前に寄った喫茶店で……。

そう。可愛いデザインのマッチだったので、もらって来たのだ。

でも――。この男に何もそこまでしてやる必要もない。それに一旦渡してしまったら、返してくれたとしても、もう持っている気になれないだろう。

男は、タバコに火を点けるものが見付からなくて、ひどく苛々《いらいら》しているようだった。しきりに舌打ちしたり、ため息をついたりしている。

——布子は、少しためらいながら、

「これ……。バッグに入っていたので」

と、そのマッチを差し出した。

男は、ひどくびっくりしたように目を見開いて布子を見たが、

「ありがとう」

と言うと、マッチを受け取り、タバコに火を点けた。

思い切り何度か煙を吸い込んでは吐《は》くと、やっと落ちついたらしい。布子の方を向いて、

「——どうも」

と、笑顔を見せたのである。

ちっとも楽しそうなものではなかったにしても、それは笑顔に違いなかった。

そして……。

布子は、軽く会釈をして、目を正面の広場の方へ戻した。

ベンチに寝ていた男の姿がない！

あの刑事に言われていたっけ。あの男が起きたら、ここを離れてくれ、と。

すると、この男が麻薬の取引をしているのだろうか？

布子は、チラッと横目でその男の、いささか薄汚れた顔を見た。

そのとき、布子は気付いたのだ。

どうして、それまで気が付かなかったのか、自分でも分らなかった。話をし、声まで聞いていたのに。

しかし、今ははっきりと分った。

今、隣に座っている男は、里見仁志だったのである。

3

夢が突然そのまま現実になったようで……。しかし、布子は今自分が本当に夢を見ているのでないことを、確かめねばならなかった。

といって、別に膝をつねってみたわけではない。ただ、時間がゆっくりと過ぎていくのに任せただけである。

果して、この男が本当に仁志なのかどうかを疑いもしなかったのは、ふしぎと言えばふしぎだった。しかし、彼が仁志だということは、もうはっきり分っていて、それはまるで会った瞬間から分っていたかのようだった。

仁志……。

でも、何て老けて、やつれてしまったんだろう！

どう見ても四十を過ぎている。本当なら、やっと三十になったばかりなのに。

それに——その格好。そんなにひどい暮しをしているのだろうか。

しわくちゃのシャツ、ズボンは汚れ、所々すり切れている。あのころは、とてもお洒落で——といって、ぜいたくではなかった——気をつかって清潔にしていた。

今ここにいるのが、その同じ人間なのだ。

布子は、どうしていいか分らず、一旦仁志から目をそらした。仁志が、布子の視線に気付いた様子だったからだ。

本を開く。——もちろん読んでなんかいないが、格好だけでも。

すると、仁志はフッと立ち上った。そしてブラッと公園の奥の方へ歩いて行ったのである。

仁志！　——布子は呼びかけようとした。

でも……。でも、仁志は私に気付かなかったんだろうか？

そう考えると、布子は呼び止めるのが怖くなったのだ。呼び止めて、

「あんた、誰？」

と訊かれるのが、恐ろしかった。

でも……。それならなぜ、仁志は今日、この日にここへ来たんだろう。

布子は、また仁志を見失うかもしれないということに気付いて、あわてて立ち上ろうとした。

本の間から、ハラリと紙が落ちた。

何だろう？　――拾い上げた布子は、メモ用紙に走り書きで、

〈公園奥の彫刻の前で〉

とあるのを読んだ。

公園奥の彫刻……。そう、きっとあのオブジェのことだ。

仁志……。それじゃ、これを落ちた本に挟んで行ったのだ！

布子は立ち上った。――あの人は、やっぱり憶えていてくれた！

胸が躍った。十年間の年月など、どこかへ飛んで行ってしまった。

まるで、つい三日も前に別れたばかりのような気がして、布子の走る足どりさえ、

若いころに戻っているようだった……。

ここ。——たぶん、ここだ。

布子は〈横たわる裸婦〉という名のついた、どう見ても〈転んだ牛〉としか見えないオブジェの所へ来た。

公園の一番奥まった所で、ほとんど人は来ない。十年間、毎年一回はこの公園に来ている布子でも、二、三回しか来たことがないのだ。

今も、人の気配はない。——布子は、オブジェを背にして、辺りを見回した。

すると急に、

「おい」

と呼ばれて、びっくりした。

振り向くと、仁志が立っている。——しかし、布子を見る目には、「やさしさ」も「懐かしさ」もなかった。

「あの——」

と、布子が言いかけると、

「早くよこせ!」

と、仁志は苛々した様子で言った。

「え？」

「早くこっちへ渡せ！」

仁志は、人目を気にしているのか、ひっきりなしに左右を見ている。

「あの――何でしょうか」

と、布子は言った。

「ブツを持ってるんだろ？　早くよこせって！」

布子は、急に冷たい空気が自分を包み込むように感じた。

仁志……。

今、はっきり分ったことは、仁志が自分のことを全く憶えていないということ。そして、仁志はあの刑事の言っていた、「麻薬の取引」に係っているのに違いない、ということだった。

一体、どこでどう狂ってしまったのか。

布子は、悲しくも、腹立たしくもなかった。ただ、自分が待ち続けた十年間は何だったのか、と思っただけだった。

「――どうした？」

と、仁志は凄《すご》んで見せた。「何か言いたいことでもあるのかよ」

布子は首を振った。

「いいえ。——人違いです」

「何だと？」

「私、何も持っていません。ただ、あそこで人を待ってただけなんです」

「何だと？　——じゃ、どうしてここへ来たんだ？」

と、仁志は苛々した調子で、「俺のことを甘く見るなよ」

「私、あなたのことなんか知りません」

と、布子は言った。「あなたがどうなろうと、知ったことじゃありません」

相手を考えれば、ずいぶん乱暴なことを言ったものだが、言わずにいられなかったのである。

「何だと？　ふざけやがって！」

仁志が手を振り上げた。——布子は殴られるのも怖くなかった。

今以上の痛みがあるとは、思えなかったのである。

しかし、仁志が拳を振り下ろす前に、駆けつけて来る足音が聞こえた。

「畜生！」

仁志はそう呟くと、駆け出して、茂みの中へ飛び込んで行った。

布子は、ぼんやりと歩き出した。

「——ちょっと！」

と、息を弾ませて駆けて来たのは、さっきの刑事だった。

「はい」

「今——誰かと会いましたか？」

と、肩で息をしている。

「今……ですか」

「そう。ここで誰かと会いませんでしたか」

布子は、少し間を置いて、

「——いいえ」

と、首を振った。「一人で歩いてたんです」

「しかし——」

「待っている相手が一向に来ないので、がっかりして」

と、肩をすくめ、「それがどうかしまして？」

刑事は、ちょっとの間、布子を見つめていたが、

「いや……。それならいいんです」

と、ハンカチを出して、額を拭った。

布子は笑って、

「私のこと、やっぱり疑ってらしたんですね?」

「そういうわけでも――。ま、正直に言うとそうです」

と、刑事も苦笑した。

「ベンチへ戻ってもいいんでしょうか」

「構いませんよ。じゃ、一緒に」

「お供しますわ」

二人は――奇妙な取り合せの二人は、来た道を戻らず、道をそのまま先へ進んだ。

「――これで、あのベンチの所へ出るんですか?」

と、刑事が訊く。

「ええ。この遊歩道はグルッと中を巡ってるんです。この道からいくつも細い道が左右へ分れていて」

「ああ、なるほど」

と、刑事は肯いて、「詳しいですな」

「毎年来てますもの」

「毎年？」

「待ってるんです。――『金色夜叉』みたいに、『今月今夜』――『今夜』じゃないけど、毎年この日に会おうって誓った人がいて」

「ほう、ドラマチックだ」

「でも、十年間って年月は、ドラマチックというには長いです」

「十年も？」

と、呆《あき》れたように、「うちの女房なんか、きっと一年も待っちゃくれんでしょうなあ」

「待たないのが、普通だと思いますわ。待てない、って言った方がいいのかしら」

「しかし、あなたは待った」

「今年限りです」

「失礼ですが……恋人ですか？」

と刑事が訊く。

「はい」

布子は、どうして自分がこんな話をしているのか、よく分らなかった。

「何があったのか知りませんが、十年も待ってもらえば本望でしょうな、男も」

二人は、あの池の辺りまで戻って来た。

「——ね、ここへ戻ったでしょ」

「なるほど」

布子は足を止めて、

「もう少し座っていてもいいですか?」

「ええ。十年も待ったんですから、もう少し待ってあげれば」

と、刑事は穏やかに言った。

「そうですね」

布子は微笑《ほほえ》んだ。

「彼が来るといいですね」

その言葉が、布子の胸をキュッとしめつけた。

「ありがとう」

布子は、少し手前で刑事と離れて、歩いて行ったが……。

ベンチが目に入ったところで、足を止めた。——そこには仁志が座っていたのである。

4

布子は迷った。

あの刑事は、きっと仁志に目をつけていたのだろう。

そして、布子が仁志の後からついて行くようにいなくなったので、追って来たのだ。

しかし、仁志はどうしてまたここへ戻って来たのだろう？　――刑事がいることに気付いていないからだ。

そうとしか思えない。

布子は、ゆっくりとベンチへ歩いて行った……。

どうしよう？

いや、もうこの人は「他人」なのだ。私のことを憶えてもいない。そして、麻薬の取引にまで手を染めている……。

そう。――たぶん、彼自身が中毒患者なんじゃないだろうか？

今の荒《すさ》んだ様子を見ると、それは間違いないように思えた。

これは仁志じゃない！　あの仁志は死んでしまったんだ。

布子は、ベンチに戻って、腰をおろした。

仁志は、布子が戻ると分っていたかのように、ベンチの端に寄って座っていた。

二人の間には、スッポリと人一人分ほどの空間があった。——ほんの何十センチのことだったが、今となっては、その距離は十年間の歳月以上に深い溝になっていた。

布子は、何もなかったかのように本を開いた。

さっきのメモがフワリと風で飛んで、二人の間に落ちた。

仁志がそれを拾う。——メモを眺めて、

「これを見て来たのか」

と小声で言った。

布子は無視したかったが、やはりできなかった。

「ええ。——あなたが書いたんでしょう?」

と、訊く。

「違う」

「違う?　じゃ、誰が?」

仁志は答えなかった。——広場へ、怯《おび》えたような目を向けている。

「——おい」

と、仁志は言った。

「何ですか」

布子は本を見ていた。

「金、よこせよ」

布子は、耳を疑った。——聞き違いであってほしいと思った。

「——いくらですか」

血の気がひいている。自分でも分っていた。

「決ってんだろ。あるだけ全部だ」

仁志は、布子を横目で見て、「さっき、何もしないでおいてやったんだぜ。金ぐらいですめばありがたいだろ」

と、唇を歪めて笑った。

金をゆするなんて……。仁志！　仁志！

そんなところまで堕《お》ちてしまったの？

あんまりだ……。十年間も待っていた私はどうなるの？

涙がこみ上げてくるのを、必死でこらえると、

「大して持ってませんよ」

と言って、バッグを開けた。

財布を出すと、そのまま二人の間に置いた。

仁志は手に取って中を見ると、

「大したもんじゃねえか。――もらっとくぜ」

と、札を全部抜く。

「小銭だけ残して。帰りの電車賃が……」

「分ったよ」

仁志は、財布を布子の膝の上にポンと投げて寄こした。

「いい子だな」

と、仁志は言った。「付合うかい、これから」

布子は、広場のベンチで肩を寄せ合っていたカップルが立ち上って、寄り添いながらゆっくりと歩いてくるのを見た。

あの二人も刑事なのだ。

「な、どうだ？」

と、仁志は手を伸ばして布子の肩に置く。「可愛がってやるぜ」

「やめて下さい」

と、布子は言った。

やめて。——やめて。

こんなひどいことって……。抱かれるとしても、これ以上にひどいことなんてない。

「なあ、いいだろ?」

と、仁志が体をずらして、布子の方へ寄ってくる。

「やめて!」

と、布子は身をすくめた。

「いいじゃないか——」

仁志が布子を抱き寄せようとする。

そのとき——突然ベンチの後ろから手が伸びて来て、仁志の首をガシッと抱え込んだのだ。

「何だ!」

仁志がもがくと、アベックの二人が一気に駆け寄ってきた。

布子は、手錠が仁志の手首にかけられるのを見た。カシャッと金属音がした。

「おい！ 何だ、てめえら！」

仁志が暴れようとしたが、三人が相手では、たちまち押え付けられてしまう。

「——大丈夫ですか？」

あのコートの刑事がやって来た。

「はい……」

「おい、連れてけ！ ——金を？」

「大したことありません」

と、布子は首を振った。

「ともかく、こいつを連れて行きます。後で、また。——行くぞ！」

仁志はふてくされた顔で、ベンチを軽くけとばすと、両方の腕を取られて、歩き出した。

「自分で歩くよ」

布子は、じっとその後ろ姿を見ていた。——予想もしない再会は、こうして終ったのだ。

しばらくして、あのコート姿の刑事が戻って来た。

「——どうも」

と、布子は言った。「あの人は?」

「ええ、今パトカーで連れて行きました」

「そうですか」

「ま、自分も常習でしょう。命を縮めてるわけですよ」

刑事は、ベンチに座ると、「金をとられたんですね」

「ええ……。でも、麻薬の方はどうなったんですか?」

「なに、これからゆっくり吐かせてやりますよ」

と、刑事は言って、「そのバッグ、少しお借りしていいですか」

「バッグを?」

「奴の指紋もついてる。証拠品ということでね」

「でも……」

「すぐお返ししますよ。お金なら、私が貸しましょう」

「それはいいんですけど——」

と言ったとき、ゴザを抱えた浮浪者がフラッとやって来た。

「——どいてくれ」

と、低い声で、「このベンチは俺のだ」

「おい、向うへ行け」

と、刑事が顎でしゃくる。

「いやだよ。ここをどいてくれよ」

「おい。ブタ箱へ放り込まれたいのか?」

と、刑事が立ち上る。

そのとたん——一体、どこに隠れていたのか、五、六人の男たちがワッと刑事へ飛びかかったのだ。

布子は反射的に立ち上って、数メートル離れると、呆然としてその光景を見ていた。

「——失礼しました」

と、浮浪者が息を弾ませて言った。「警察の者です」

「え?」

警察手帳を見て、布子は唖然とし、「でもその人も刑事さんだと……」

「とんでもない。こいつは麻薬の取引に絡んでいる男でね」

「何ですって?」

——確かに、刑事だと言われたものの、証明書も何も見ていない。

「あなたのバッグに、何か入っていませんか？」

「バッグ……ですか」

布子は中を探って、ビニールの包みを見付けた。「これ……」

「それだ！　さっき、男があなたともみ合ったとき、入れたんですよ」

「じゃあ……。麻薬？」

「そうです。里見という男でね。自分の組織を裏切って、こっそりこいつを売り捌《さば》こうとしてた。この男は里見からこれを取り返して、その上で里見を消すように言われてたんでしょう」

消す……。それじゃあ、さっきの男たちは——。

「大変！　その人、連れてかれちゃったんです！」

「分っています。追っていますが。——間に合えばいいんですがね」

布子は、体が震えて来た。——仁志は、麻薬を持っていないというので、ひどい目に遭って……。いや、殺されてしまっているかもしれない。

そのとき、走って来る男がいた。刑事らしい。

「どうした？　見付けたか」

「それが……」

と、息をついて、「車をストップさせたんですが、中には里見がいなくて」

「何だと?」

「シートに血痕がありました」

布子は息をのんだ。

「そうか。——間に合わなかったかな」

「たぶん、途中の川にでも投げ込んだんじゃないですか。何日かすりゃ、浮くかもしれませんね」

刑事は、ため息をついて、

「しかし、ブツを手に入れといて、何をぐずぐずしてたんだろうな」

と、首を振った。

そう……。

仁志は、布子に、「ブツをよこせ」と言ったのだ。

ということは……。あの後、本当の相手と会って、麻薬を受け取ったのだろう。

それで、用はすんだはずなのに。——どうしてここへ戻って来たのだろう。

仁志。——仁志。

もしかして、あなたは、私に会いに来たの？

「――大丈夫ですか」

と、刑事に訊かれて、

「はい」

と、肯いた。

「じゃ、申しわけありませんが、ちょっと署でお話を」

「はい」

「もし、どなたかと待ち合せておられるのなら――」

「いいえ……。いいんです」

と、布子は言った。「今日はもう来ないと思いますから」

「そうですか。――そう手間はとらせませんから」

と、刑事が促した。

「はい。――また来てみますから」

と、布子は歩き出しながら言った。

――仁志。

あなたは私のことが分って、それであんな風にお金をねだったりしたのね。私が心底愛想をつかすように、と。

それは私の勝手な想像だろうか？

——布子は、公園を出ながら、いくらか幸せな気分になっていた。

十年間迷いつづけたのに比べれば。

今はするべきことがはっきりしていた。

一つは、帰って、母に結婚をやめる、と言うこと。

もう一つは？　言うまでもないことだ。

——来年の今日は、いいお天気だといいけど。

そう思いながら、布子は、もう暗くなりかけた空を見上げたのだった。

逃亡の果て

1

いきなり、玄関の引き戸がガラッと開いた。

学校へ行く仕度をして、ちょうど鞄にお弁当をしまいながら玄関の上り口までやって来ていた亜由子《あゆこ》は、ギョッとして足を止めた。

入って来たのは、父だった。

何も言わずに、靴を脱ぎ捨てて（たいてい、脱いだ靴の片方は引っくり返る）、上って来る。

「忘れ物、ない？」

と、母が台所から出て来て、「――あなた」

水谷国夫《みずたにくにお》は、ジロッと妻の敦子《あつこ》を見て、

「出張だ」

と言った。「一週間、帰らん」

「そうですか」

と、敦子は言った。

「風呂に入る。その間にボストンを詰めとけ。それから朝飯だ」

そう言って、水谷は奥へ入って行ってしまう。

「——お母さん」

と、亜由子は言った。「行ってくる」

「あ、そう……。忘れ物、ない？」

敦子が、娘のことを思い出して言った。

「大丈夫」

亜由子は、急いで靴をはいて、「お父さんも、勝手だな。二晩も帰って来ないで」

敦子は何も言わない。——亜由子の目に、そんなときの母は、実際の四十二歳という年齢より、十歳も二十歳も老《ふ》けて見えた。

「朝ご飯だって、どうせ女の所で食べて来てるのよ」

「亜由子。もういいわ。行って。遅刻するわよ」

「うん……」

口を尖《とが》らし、何か言いたげにして見せても、実際、もう遅刻ぎりぎりの時間だ。

鞄を手に、

「じゃ、行ってくる」

「はい。気を付けて……」

ガラガラと戸を開け、また亜由子はびっくりすることになった。

目の前に制服の警官が立っていたのである。

「お出かけのところ」

と、何となく呑気《のんき》そうなその警官は、亜由子に向って敬礼した(!)。

「あの……何か?」

と、敦子が玄関へ下りて、サンダルを引っかけ、出てくる。

「この近くで、強盗殺人がありまして」

と、警官は言った。

「お母さん、やっぱりパトカーのサイレンだったでしょ!」

と、亜由子が母の方へ振り向く。

「いや、その犯人がこの近くに潜伏している模様ですので、ご用心下さい。奥さん──ですね」

「はあ」

「昼間はお一人ですか？」

「ええ……。まあ」

と、敦子は曖昧《あいまい》に肯《うなず》く。

「では、しっかり戸締りを。何か怪しい物音などした場合は、すぐ一一〇番して下さい。よろしいですね」

「はい」

「では。お邪魔しました」

警官は、また敬礼して、足早に立ち去った。

「殺人犯か。お母さん、よく鍵かけ忘れるから、気を付けてね」

と、亜由子は言った。

「いいから。早く行きなさい」

「はあい。——行って来ます！」

十七歳の高校二年生。亜由子は、バス停に向って駆け出した。足の速さには自信もあって、たいていはまず間に合うのである。

敦子は、玄関の戸をガラガラと閉めて、そのまま上ろうとした。どうせ、夫がじきに出かけていく。

そう。たった今言われたばかりなのに。

思い直して、玄関に鍵をかけた。——古い家で、こんな玄関など、こじ開けようと思えば簡単だろう。

それでも、カシャッと音をたてて鍵が回ると、ホッとする。

敦子は台所に立つと、急いで夫の朝食の用意をした。——夫は「風呂へ入る」と言ったが、むろんこんな朝からお風呂が沸いているわけではない。シャワーをザッと浴びるだけだ。

「——まだか。何をグズグズしてるんだ」

思った通り、夫はもうやって来て、朝食ができていないことに文句を言った。

「今、お巡りさんが」

と、手を休めずに敦子は言った。「この辺で犯人が逃げてるんですって」

「——急げよ。おしゃべりしてる暇があったら」

と、新聞を広げる夫——水谷国夫。

水谷は四十八歳である。最近とみに太って、頭も薄くなり、五十代に見えるとよく言われる。

いつも不機嫌そうに――家の中だけのことかもしれないが――眉間《みけん》にしわがたてに寄っていて、

「俺が苦労してるのに……」

というのが口ぐせである。

「――はい」

敦子は、ミソ汁をお椀によそって出した。「すぐ出かけるんですか」

「ああ。これを食べたらな」

敦子は、夫がどこへ出張して行くのか、聞いたこともない。

「途中の連絡先は？」

と、敦子が訊《き》くと、水谷はますます不愉快そうになって、

「何かあるのか」

と言った。「仕事の都合で分らん。いいか、こっちは一人じゃない。電話なんかしてくるなよ」

「――はい」

敦子は何だか急に体の力が抜けた気がして、肩を落とした。

出張というのは、でたらめだろう。たとえ本当としても半分くらいで、残りの日

は、あの女と旅でもするのだ……。

「——おはよう」

と、正門の前でタタッと駆けて来て追いついたのは、唐木裕子《からきゆうこ》である。

「裕子！　遅いね」

と、足早な亜由子は、親友の方へ言った。

「電車が遅れて！　——走る？」

「よし！」

二人は駆け出した。

——亜由子と唐木裕子、二人とも十七歳の高校二年生である。

クラスへ入ると、十人近くがまだ来ていない。

「急ぐんじゃなかった」

と、亜由子は息を弾ませている。「——ね、裕子、今朝うち出ようとしたら……」

「何なの？」

話を聞いて、裕子も興奮している。

「——凄《すご》いね！　強盗殺人か。誰を殺したの？」

「知らないよ。詳しいことなんか聞いてないもん」

と、亜由子は苦笑した。

先生が来て、授業が始まる。けれども、その話の中身は、さっぱり亜由子の頭に入らなかった。

「——ねえねえ」

と、隣の裕子がそっと顔を寄せて、「何か分ったら教えてね！」

全く、もう……。裕子は、ミステリーとか、TVの二時間もののサスペンスが大好き、という変った子なのである。

でも——お母さん、本当に鍵をかけ忘れてないかな。

亜由子はいささか本気で心配していた。

もし、殺人犯が押し入ったりして、お母さんの身に万一のことでも——。

そう考えてから、「とんでもない！」と自分で打ち消した。

お母さんがそんな目に遭うんじゃ、あんまり可哀そうだ。だって、お母さんは何一つ楽しいことなんかなくて、いつも「我慢して」生きて来た人なのだから。

お父さん……。そう、もし犯人に殺されるのなら、お父さんの方にしてほしい。

亜由子だって、父のことを昔から嫌っていたわけじゃない。女の子で、しかも一人っ子。

父も、それなりに亜由子を可愛がってはくれた。——父に「女」ができるまでは。

亜由子の知っている限りでも、父にはこれまで三人の女がいた。今も続いているのは、どうやら最初の女で、男の子がいるので別れるわけにもいかないということのようだ。

もちろん、亜由子はそういう事情を、直接父や母から聞いているわけではなく、洩れ聞く会話や口ゲンカ（といっても、一方的に父が怒鳴るだけだが）から、何となく分って来たのである。

父がどんなきっかけで変ったのか、亜由子は知らない。ともかく、ある日から突然、ほとんど家へ帰らなくなったのである。

そして、母は泣いているばかりで、何を訊いても教えてくれなかった……。

お母さん……。

少しは何か言ったら？　お父さんに、「出てって！」とでも言ってやれば？　離婚するなら、私、味方になるよ。

亜由子は何度となく母にそう言っている。しかし、母、敦子は、その度にちょっと笑って、

「ありがとう。でも、そうもいかないのよ」

と言うばかりだった……。

やっと最近は、

「あんたがお嫁に行ったら、別れるかもしれないわ」

と言うところまで進歩したのだが。

母は、少し体も弱く、自分で働いて暮すということのできる人ではない。父の方もそれを分っていて、好き勝手をしているのかもしれない。

一度、離婚したいとでも言ってみればいいんだ。ショックを与えないと、お父さんは何も考えないだろう……。

「——水谷」

と、先生に当てられて、

「あ。——はい！」

少々あわてた。「あの——離婚です」

つい、考えていたことが口に出てしまった。

「水谷、お前、いつの間に結婚してたんだ？」

先生にからかわれて、教室中がドッとわいた。

亜由子は真赤になって、「お父さんのせいだ！」と八つ当り気味に思ったりしたのだった……。

2

バス停で降りて、家の方へ歩き出した亜由子は、パトカーが停《とま》っているのを見て、ドキッとした。一瞬、自分のうちの前に停っているように見えたのである。

しかし、よく見るとそうじゃなかった。三軒離れた雑貨屋さんの前だったのだ。

見ていると、警官がお店から出て来て、

「どうも」

と礼を言ってパトカーに乗り込む。

パトカーの走り去るのを見送って、亜由子はホッとしたが、同時にまだ例の犯人が捕まっていないんだな、と思った。

雑貨店のおばさんが店先に出て来る。

「——今日は」

と、亜由子が挨拶《あいさつ》すると、なぜかおばさんはギョッとしたようだった。

「あら、今帰り？」

と、すぐに笑顔を作って言ったが、何だか妙である。

だって、このおばさんから、今までそんなこと言われたことがなかったのだから。

「ただいま」

玄関の戸を開けて、「やっぱり！」

と嘆く。

「亜由子？」

と、奥から母が出てくる。

「ね、鍵、かけてなかったよ。無用心だなあ」

と、亜由子はきちんと鍵をかけ、上った。

「だって、つい忘れちゃうのよ」

と、敦子は大して気にも止めていない様子。

「まだ捕まってないんでしょ、犯人。パトカーがいたよ、外に」

と、亜由子は台所へ入って――足を止めた。

見たことのない男が、テーブルについてご飯を食べていたのである。

何となくむさ苦しい感じの男で、亜由子の方を振り返ったが、何も言わない。

と、敦子が後からやって来て、「この人、お母さんの従弟なの。里井《さと い》香《かおる》っていうのよ」

「あ……。今日は」

と、亜由子は頭を下げた。

「どうも……」

と、その男は口の中をご飯で一杯にしていて、モゴモゴ言いながら会釈した。

「香さん、これが亜由子。初めてよね、会うの？」

「え、ええ……。そうですね」

と、お茶をガブ飲みして、「——里井です」

三十代の半ばくらいか。あんまり顔色が良くない。小太りだが、どこか不健康な印象である。

「里井さんは、お仕事で東京へ出て来たの。二、三日泊るから、うちへ」

母の言葉に、亜由子は面食らった。これまで、母はそんなこと、したことがない！

「すぐご飯よ」

「——亜由子」

と、敦子は言った。「亜由子、悪いけど、コンビニでおソース、買って来てくれる？　なくなってたの。——亜由子？」

しばらく間があってから、

「うん」

やっと返事をする。

「何よ、ぼんやりして。変な子ね。急いでね。——香さん、何杯でも食べてね」

敦子は、台所に向うと、レタスを剝《む》き始めた。

亜由子は、自分の部屋へ行くと、

「何よ、急に……」

と、呟《つぶや》いた。

従弟？　母にあんな従弟がいたなんて、初めて聞いた。

もっとも、母の方の親戚なんて、ほとんど会ったこともないから、そういう人がいてもふしぎじゃない。

ただ——初めて亜由子を見たときの、あの里井香とかいう「従弟」の反応が……。

ニコリともせず、しかもどこか怯《おび》えたような目つきで……。

「気のせいかな」

と、亜由子は肩をすくめた。

ソースがない？　そうか。早く行ってこなくちゃ。

あの「従弟」は、えらくお腹が空《す》いてるみたいだった。ソースを買って来る前に、食べ終ってるんじゃないかしら。

亜由子は、着替えると、急いで部屋を飛び出した。

「香さん、お風呂に入ったら？」

と、敦子が顔を出して言った。

「あ……。どうも」

じっとTVを見ていた里井は、立ち上って、「先でいいんですか」

「構わないわよ、お客様だもの」

敦子は先に立って、「こっちよ。――タオルはこれを使ってね」

亜由子は、フーッと息をついた。

敦子が戻ってくる。

「亜由子、何か甘いもの、食べる？」

「太るよ」

と、亜由子は言った。「――ね、お母さん」

「なに?」

「あの人――変ってるね」

「そう?　どうして?」

「だって……。ずっとTV見つめて、ひと言も口きかない」

と、亜由子はリモコンでチャンネルをかえて、「くたびれちゃった!」

「そりゃあ、独り者だもの。若い女の子と何を話していいのか、分らないのよ」

「そうかな……」

敦子は、空になった茶碗をさげていく。

「ね、お母さん、あの人、どこで寝てもらうの?」

亜由子に訊かれて、

「あら、そうね」

と、敦子は初めて気付いた様子。「どうしようかしら。そう余分な部屋もないしね」

「お父さんのベッド?」

「それでもいいけど……。ね、亜由子、あんたの部屋で寝かせてよ」

「いやよ！　何で男の人を――」

「違うわよ。当り前でしょ。お母さんを、ってこと」

「ああ、びっくりした！」

敦子はふき出した。――亜由子は戸惑っていた。母がこんな風に楽しげにしているところなんか、久しぶりで見たような気がしたのである。

「じゃ、いいわね」

「狭いよ」

「ほんの二、三日よ。それにあんたが起きてたって、お母さん、平気で眠れるから」

「うん……」

と、亜由子は肯いた。

――風呂から上ると、里井は少しリラックスしたのか、父の古い浴衣《ゆかた》を着て、居間へ入って来ると、

「お先に」

と、亜由子に声をかけた。

ひげを剃《そ》ったりしたせいか、大分すっきりした。

「——このドラマ、好きなの？」

と、亜由子に訊いてくる。

「でもないけど……。お母さん、先に入って！　私、これ終ってから入る」

「そう？」

敦子が顔を覗かせ、「香さん、お湯加減は？」

「ええ。ちょっと熱かったけど」

「そうか。香さん、ぬるい方がいいんだったわね。——じゃ、亜由子、先に入るわよ」

「うん」

亜由子は、ドラマを見てはいたが、何だか今の母の言い方が気になって仕方なかった。

ぬるい方がいいんだったわね……。

少なくとも、亜由子の憶えている限りでは会ったこともない——つまり、十五年くらいは会っていない従弟について、そんな細かいことを、記憶しているものだろうか？

あの母の言い方は、どこかわざとらしかった。

「——おうち、どこなんですか?」

CFになって、亜由子が訊くと、里井は夕刊から顔を上げて、

「あ……。名古屋だよ」

「へえ。私の友だちも、田舎が名古屋。夏休みに、招《よ》ばれて行ったな。暑かったけど」

「そうだね……。うちは市内じゃないんで、たぶん君は知らないだろう」

と、里井は言うと、「——くたびれた。先に休ませてもらうよ」

「ええ。おやすみなさい」

「おやすみ」

と言って、「——亜由子君」

と振り向く。

「はい」

「いいお母さんがいて、幸せだね」

里井はそう言って、居間から出て行った。

亜由子は呆気《あっけ》にとられて、ドラマの方がどうなって終ったのか、全く気付かなかった……。

亜由子は目を覚ました。

珍しいことだ。一旦眠ったら、まず朝まで起きない。――どうしたんだろ?

枕もとの時計を見ると、午前三時。

小さなベッドで寝返りを打つと――。

下に布団を敷いて寝ているはずの母がいない。布団がめくってあって、起き出した様子だ。

こんな時間に?

亜由子はゆっくりと起き上った。

ベッドから離れると、そっと部屋のドアを開けてみる。

居間や台所の方は、明りが消えたままである。ということは……。

そう広い家ではない。後は、父と母の寝室だが……。

今はあの里井という男が寝ているはずだ。一人で。――そう。もちろんだ。

亜由子は、パジャマ姿でじっと立ちすくんでいた。

両親の寝室のドアが、閉っている。

まさか……。お母さん……。

あの男は、従弟ではないのかもしれない。

お母さんの「恋人」だったら？

夜、亜由子がぐっすり眠っているので、安心して、里井のベッドに……。

そんなこと！　――自分の考えに愕然として、亜由子は青ざめた。

亜由子は、そっと廊下を歩いて行った。

閉じたドア。――中から何か聞こえて来ないだろうか。

心臓が凄い強さで打っている。

お母さん……。本当に中にいるの？

亜由子は、震える手を、そっとドアのノブに伸した……。

そのとき――水の流れる音がした。

トイレの水洗の音だ。亜由子は、あわてて部屋へ戻ると、自分のベッドへ飛び込んだ。

少しして、母が戻って来る。

眠ったふりをしながら、亜由子は息をついた。――お母さん、トイレに立ってただけなのか！

母が布団へ潜り込み、じきに静かな寝息が聞こえてくる。

亜由子も、やっと安心して、再び眠りに戻ることができた……。

3

「それって、変だよ」

と、唐木裕子が言った。

もちろん。言われなくたって分ってる。分ってるわよ。

「でも、いい人だよ」

と、亜由子は言った。「初めはとっつきにくくてさ、何考えてるのか分んなかったけど、打ちとけてみると、やさしいし、それに器用で、何でも直しちゃう」

「ふーん」

と、裕子は肯いた。

――お昼休み、二人はお弁当を食べて、ブラリと校庭に出ていた。

爽やかな日で、こうしてのんびり歩くのにちょうどいい気候。

しかし――亜由子の気分は、裕子に言っているほどスッキリと割り切れたものではなかった。

「もう、何日いるの、その『従弟さん』って？」

と、裕子が訊く。

「ええと……。一、二、三……。五日、かな」

「二、三日、って言ったんでしょ」

「そうだけど……」

「出かけてるの、毎日？」

「さあ。——たいてい家にいるみたいよ」

「じゃ、何しに東京へ出て来たのか、分んないじゃない」

「私に訊かないでよ。お母さんが何も言わないんだから、仕方ないじゃない」

亜由子は少し苛々《いらいら》していた。——裕子の言っていることが、そのまま自分の抱いている疑問でもあるからだろう。

「——まさか、ずっとうちに居つくわけじゃないんだろうし」

と、亜由子は肩をすくめた。「たとえ、お母さんの従弟じゃないとしても、私の口出すことじゃないもの。そうでしょ？」

裕子は何も言わなかった。亜由子は続けて、

「それにね、ともかくあんなに楽しそうなお母さんって、初めて見たような気がす

るの。私がどうこう言うことじゃないって思うから——」

「亜由子」

と、裕子が言って、足を止めると、

「分ってないよ。私の言ってるのは、そんなことじゃないんだ」

「じゃ、何だっていうの？」

裕子は、しばらく、どう言っていいものか、迷っている様子だったが、

「——ともかく、確かめよう」

と、しっかりした口調で言った。

「確かめる、って？」

「お母さんと、その人——里井さん、だっけ？　二人が話してるところを聞くのよ。それで本当のことが分るじゃない」

「立ち聞き？　そんなこと——」

「でも、心配だな、私」

と、裕子は言った。「今日、帰りに、お宅へ寄ってもいい？」

「いいけど……」

と、亜由子は曖昧な言い方しかできなかった。

るようになった。

確かに、里井はこのところすっかり明るくなって、亜由子とも色々おしゃべりす

亜由子は、自分が里井の「正体」を、あえて知りたいと思っていないのだという

こと──母のためにも、自分のためにも──に、気付いていた。

「じゃ、決めた！　帰り、一緒にね」

と、裕子にポンと肩を叩かれて、亜由子は「だめ」とはとても言えなかった……。

「──流しの水洩れ、修理しときましたよ」

と、里井は言って、額の汗を拭《ふ》いた。

「まあ、器用ね」

と、敦子は感心して、「さ、一休みして下さいな」

お茶菓子を、里井はつまんで一口で食べてしまった。

「あら、手ぐらい洗わなきゃ」

「失……礼」

と、里井はお茶で菓子を流し込んで、「じゃ、手を洗ってから、もう一個……」

「甘党なのね」

と、敦子は微笑んだ。「後で買物に行ったら、ケーキでも買ってくるわ」

里井の顔から笑みが消えて、

「ちょっと手を――」

と、洗面所へ立つ。

その間に、敦子は熱いお茶をいれ換えておいた。

自分も一口飲もうと仕度していると、里井が戻って、

「やあ、いい匂いだな」

と、椅子にかける。「お茶って、こんなにおいしいものだったんですね」

「知らなかった?」

「ええ。――誰も教えてくれなかったし」

里井は、ゆっくりとお茶を一口飲んで、「奥さん」

と言った。

「もう、行く?」

敦子は、里井から目をそらしたまま、言った。

「いつまでも、ここにはいられませんよ。もう――長く居すぎた」

「でも、あの子はすっかり慣れたわ」

「ええ。いい子ですね。亜由子君は」

と、里井は肯いた。「だからこそ今の内に立ち去った方が……。違いますか?」

「それは——私には言えないわ」

敦子は首を振って、「あなたが決めてちょうだい」

里井は、家の中をゆっくりと眺め回して、

「僕にとっては……。ここでの五日間はまるで夢の中ですよ。今までに、こんなに楽しかったことはないくらい」

と言った。「——でも、これ以上いると、辛いことになりそうだし……。あなたや、亜由子君に迷惑になることだけは、したくないんです」

「私は——」

「ええ、よく分ってます。だからこそ、長く居すぎるのは危険だ」

里井は、お茶のゆらぎ立つ湯気を見つめて、「亜由子君だって、ふしぎに思っていますよ。僕が毎日うちから一歩も外へ出ないのを。そういうことって、いくらごまかそうとしても分っちゃうものです」

敦子も、何とも言えない様子で、ただじっと里井を見つめていた。

「もちろん」

と、里井は続けて、「本当のことを亜由子君が知ったら、ショックどころじゃすまないでしょう」

「でも、私があなたをここへ泊めたんです。そのことは、あの子にも言うつもりです」

敦子の言葉に、里井は目を丸くした。

「いけませんよ！　それじゃ、あなたまで罪になる。亜由子君のことを考えて下さい」

「でも――」

「あなたは、脅されて僕をかくまっていたんだ。――いいですね？」

と、里井は念を押した。

敦子は、どっちとも答えなかった。

そのとき、玄関で声がして、

「ただいま！」

と、亜由子の声。「裕子が一緒よ」

敦子と里井は、あわてて口をつぐんだ。

「――お母さん」

夜、亜由子は言った。

「どうかした?」

「あの人、誰?」

――里井は、もう眠っていた。

亜由子は、母が返事をしないので、聞こえなかったのかと思い、

「ね――」

と、くり返そうとした。

「分ってるんでしょ」

と、敦子は言って、目は新聞の記事を追っている。

「――お母さん」

「そう。あの人は、私の従弟なんかじゃないわ。警察に追われて、ここへ逃げ込んで来たの。お母さん、やっぱり鍵をかけるの、忘れててね」

敦子の口調は、いつもと少しも変りない、淡々としたものだった。

「――殺人犯」

「そう。でも、夢中でやってしまった、って後悔してたわ。そんなつもりじゃなか

った、と」

「でも……。どうするの？」

「亜由子」

敦子は、新聞をテーブルに置くと、「とんでもないこと、と思うでしょうね。私だってそう思うわ。でもね……。あの人が玄関に立って、怯え切った目でじっとこっちを見上げていたとき――。私、自分と似た人がいる、と思ったの。いつもびくびくしながら生き、何一つ思い通りになんかならなくて、生きてることが、惨めでしかない人……。この人は、私と同類だと感じたの」

敦子は、玄関の方へ目を向けた。

「気が付いたときは、あの人を中へ入れて、ご飯を食べさせてたの。飢えたように食べるあの人を見ている内に、何とか助けてあげたい、と……」

「だけど……。そりゃあ、私だって、あの人はいい人だと思うわ。でも、それだったら、罪をちゃんと償わなくちゃ……。いつまでも追われることになっちゃうよ」

と、亜由子は言った。

「あの人は、自分でどうするか決めるわ」

敦子は言った。「せめてそれは任せてあげたいの。亜由子。――これがお母さんの、たった一度のわがままよ。そっとしておいて」

——亜由子は、母がこんな風に話すのを、初めて聞いた。

そして、亜由子は黙って立ち上ると、居間を出たのだった……。

4

「亜由子！」

唐木裕子が、教室へと駆け込んで来た。

二時間めと三時間めの間、ほんの十分の休み時間である。

がやがやとザワついていた教室の中が、一瞬静まり返った。

「亜由子！　大変よ！」

と、裕子が机の間を駆けて来る。

「どうしたの？」

亜由子は呆気に取られていた。

「すぐ家へ帰って！」

「何なの？」

「今、パトカーが亜由子の家の前に――。大勢、警官が集まってるって」

亜由子が青ざめた。

「――今、職員室に行ってたの。そしたら、そこへ警察が連絡して来て。亜由子のこと、ご近所の誰かから聞いたみたい」

裕子の話で、大方の見当はついた。

「すぐ行く！」

と立ち上ると、裕子も、

「私も一緒に行く！」

と、急いで自分の机に戻った。

「裕子」

と、亜由子が言った。「お母さんも中に？」

「分らないわ」

「そう。――じゃ、行こう！」

二人が鞄を抱えて教室を飛び出していくのを、クラスの子たちが呆気に取られて眺めていた……。

亜由子たちは、少し手前で足を止めた。

パトカーと警官、そして野次馬が道をふさいでしまっている。

「まだ中には入ってないね」

と、裕子が様子をうかがって言った。「どうする?」

亜由子は少し考えていたが、

「中へ入る。——仕方ないもの。お母さんのこと、心配だし」

「でも、入れる?」

亜由子は、首を伸して、

「何とかして……。ね、裕子。手伝って」

「いいけど……。どうやって入るの?」

「お巡りさんは私の顔を知らないだろうから。——裕子、お巡りさんの一人に話しかけて」

と、亜由子は親友の肩に手をかけて言った……。

「——急いで。近所の人に見られるとまずいから」

と、亜由子は足早に、たまたま通りかかった、という様子で、警官たちのそばを通り過ぎようとした。

裕子が足を止め、

「何があったんですか？」

と、警官に訊く。

「強盗殺人犯が潜んでるって通報があったんだ。君たち、早く行って」

と、追い立てるように言う。

「へえ、凄いなあ」

と、裕子が伸びをして、「本当にいるんですか？」

「たぶんね。——この家の主婦が人質にされてるらしい」

と、警官が話してくれている。

その間に、亜由子はパトカーのわきを回って、一気に家の玄関へと駆け出した。

「あ！　待て！　危いぞ！」

という言葉も、間に合わない。もう亜由子は玄関から中へ入っていた。

「お母さん！　——お母さん！」

と、大声で呼びながら上って、「どこにいるの？」

台所、居間と覗《のぞ》いて——。

寝室へ行ってみる。ドアは閉っていた。

亜由子は、夜中に目を覚ましたときのことを思い出していた。

思い切って、ドアを開ける。

床に——二人が折り重なって倒れていた。仰向けになった母の上に、突っ伏すように里井が……。

そして、血が二人の服を染め上げている。

「お母さん！」

と、膝をついて、「しっかりして！」

すると、母が目を開けた。

「亜由子……」

「お母さん！　良かった！」

「私は……大丈夫」

敦子は、体を起そうとしたが、上にのった里井の体が重い。里井がもう死んでいるのは直感的に分った。

亜由子も手を貸して、やっと里井の体をわきへ動かすと、敦子が起き上り、

「私は……けがしてないの」

と言った。

「でも、血が――」

「この人の血よ」

と、敦子が辛そうに言った。「私にナイフを握らせて――。腕にちょっと傷をつけてくれればいいから、と言ったのよ。そして、私がナイフを構えたら、いきなり自分から体をぶつけて来たの……」

「じゃ……お母さんが刺したのね」

「そういうことになるわね」

敦子は、動かなくなった里井のそばに膝をついて、「――亜由子、表の警官に、もうすんだ、と伝えて来て」

「分った……」

里井は、逃げられないと悟ったとき、自分がナイフでおどしていたと見えるよう、工夫しておいたのだ。

それは里井なりの、「感謝の表わし方」だったのだろう。

亜由子は玄関から外へ出た。

「大丈夫か」

と、警官が駆けてくる。

「犯人は死にました」

と、亜由子は言った。「中で母が……」

警官たちが中へ駆け込んで行く。

「亜由子！」

裕子がやって来た。「大丈夫だった？」

「うん」

と、肯く。「あの人なりに、恩返しして行ったみたい」

人があわただしく出入りする。

そして――亜由子は、目の前に立っている男に気付いて、びっくりした。

「お父さん！」

「何ごとだ？」

水谷国夫は、ボストンを手に仏頂面《ぶっちょうづら》で言った。

「大変だったのよ！　強盗殺人犯がうちに――」

「人が帰ってくりゃ、この騒ぎか」

と、ブツブツ言いながら、玄関を入って行く。

「お父さん！」

亜由子は追いかけるように、父を捕まえると、「お母さんが無事かどうか、心配もしないの?」

と、問いかけた。

「よせ。俺は疲れてるんだ」

「お母さんだって、命がけの——」

と言いかけて、言葉を切る。

母が、フラッと玄関へ出て来たのだ。

「——あなた」

血に汚れた服のままだ。

「何だ、その格好は」

と、水谷は言って上り込むと、「早く仕事がすんで、帰ってみるとこの騒ぎか」

敦子は何も言わなかった。

水谷はボストンをその辺に投げ出すと、寝室を覗きに行った。

「お母さん」

と、亜由子は敦子の腕をつかんで、「あの人の気持を考えてね」

敦子は、どこか心の支えを失った、という様子で、寝室へと歩いて行く。——亜由子もついて行った。

中で、警官が、

「近所の通報でね、どうもここらしい、ということで……」

と、水谷に説明していた。

「かないませんな。留守中にこんなことがあっちゃ」

と、水谷が首を振る。

床に仰向けにされたままの里井の死体。

敦子は入口に立って、死体を見下ろしていた。

「――じき、鑑識の連中が来ますから」

と、警官が言って、居間の方へと出て行く。

「ケチな奴だ」

と、水谷は里井の死体を見下ろすと、肩をすくめ、足の先で軽く死体のわき腹をつついた。

それを見て、敦子の顔がサッと青ざめた。

「やめて！」

と、一声叫んだかと思うと、里井の死体の上にかぶさるようにして、「この人に触らないで！」

見ていた亜由子も青ざめた。

水谷が愕然として、

「何の真似だ！」

「この人はね、あなたの何倍も人間らしくて、やさしい人だったのよ」

と、敦子は言った。

「敦子。お前……」

「殴るのなら殴ってごらんなさい！　私やこの人のように、何の抵抗もしない人間しか殴れないくせに」

敦子は挑みかかるように言った。

水谷は、呆然として妻を眺めている。

「敦子……」

「何か言いたいことがあるんだったら、言って」

水谷は、口を開きかけて、気が変ったように、

「――いや、何もない」

と言った。「俺はともかく……。お前が大丈夫なら、それでいい」

と、目をそらし、足早に玄関へ出て行ってしまう。

亜由子は、母を見て、

「お母さん。――偉いよ」

と言った。

「やめて」

敦子は、かすかに笑った。「この人のためにやったのよ」

警官が戻って来た。

「奥さん。おけがとか、大丈夫ですか?」

「何ともありません」

「そうですか。――一応、この男を刺したということで、事情をうかがって書類にしないといけないんです」

「はい。結構です」

「じゃ、お待ち下さい。今、地元署の刑事が来ると思いますので」

敦子と亜由子は、居間へ入った。

何となく、狭苦しいこの部屋が少し広くなったようだ。

「お母さん。私のこと置いて、出て行かないでね」

と、亜由子が言うと、

「出て行くもんですか」

と、敦子は言った。「ここが私のうちなのよ」

亜由子は、そっと母の手を握りしめた。

そして、握り返してくる母の手は、思いがけない力強さを感じさせたのだった……。

幽霊はテニスがお好き

1

「だからいやだって言ったのよ！」

さと子は、他の二人に聞こえないように、わきの方へ向けてそっと言った。

普通、こういうグチというものは他人に聞こえるように言うものだが、さと子にはそんなことをしても二人には理解してもらえないということが分っていた。といって、何も言わないのでは気がすまない。

で、仕方なくわきの方へそっと言ってやったというわけだったのである。当然、これは独り言だったということだ。そのはずだった。

ところが——。

「何がいやだって？」

ヌッと玄関先へ男の顔が出て、振り向いたさと子たち三人は、

「キャーッ！」

と、ソプラノ合唱の如く、けたたましい叫び声を上げて飛び上ったのである。

――吾妻《あづま》さと子、二十一歳。N女子大の三年生。

他の二人も同じ大学の三年生で、共にテニス同好会のメンバーだ。

「何だね、人の顔を見てそうびっくりせんでも」

と、その男はムッとした表情で言った。

「だって急に出て来るんだもの」

と、永田《ながた》このみが口を尖《とが》らす。

「このみ」

と、たしなめたのはテニス同好会の幹事で、三人の中ではいつもリーダー格をつとめている柳美知子《やなぎみちこ》である。

実際、見た目もさと子や永田このみより三つも四つも年上に見える。

「失礼しました」

と、美知子は改って、「N女子大のテニス同好会の者です。岡田《おかだ》さんでいらっしゃいますね」

「ああ。電話くれた人だね」

頭の禿《は》げた、大柄なその男は五十前後に見えたが、汗くさいというか、いささか脂ぎった印象を与えた。

「上んなさい。こんな所に立っていても仕方ない」

薪《まき》の束を抱えた岡田という男は、入って来て玄関のドアを閉めた。

外に出ていたのか。――ドアが開いているのに、呼んでも返事がないという謎は、簡単に解けた。

とりあえず、三人は靴を脱いで上った。――この古びた木造の建物は、〈矢車荘〉といって、主に高校や大学のクラブに合宿所として貸している。設備はホテル並というわけにはいかないが、何といっても値段が安く、気軽に泊れるというところが魅力だった。

しかし……。三人の中で、吾妻さと子だけは、この建物の前でタクシーを降りたときから、

「ここ、いやだ」

と、思い続けていたのである。

「――ま、かけて」

と、岡田は言った。

広間というのか、床がミシミシきしむ広い部屋には、本物の暖炉があって、火が

燃えていた。

もう五月なのに！　――でも、確かにこの山中では、こうして火が入っていても少しも暑くないのだった。

「遅かったね」

と、薪を暖炉のわきへ積み上げて岡田が言った。「夕方には着くはずだったろ？」

「すみません。列車に乗り遅れてしまって」

と、美知子が言った。「私、柳美知子。あと――吾妻さと子と、永田このみです」

「夕飯はどうしたね」

と、岡田は訊《き》いた。「何も食べてない？　じゃ、若い人はもつまい。今、女房に何か作らせるよ」

「すみません」

と、美知子は言った。「タクシーで来たんですけど、迷ってしまって――」

「いらっしゃい」

と、広間を覗《のぞ》いた女性……。

「信子《のぶこ》。N女子大の学生さんだ。何も食べてないらしい。何かできるか」

「少し時間をいただけば……。ちょっと待って下さいね」

「はあ」

と、永田このみが少し間の抜けた声を出す。

「部屋はどうなってる?」

と、岡田が訊きながら、妻と一緒に広間を出て行った。

残った三人は、少し顔を見合わせていたが——。

「若い奥さん!」

と、このみが言った。

「しっ! 聞こえるよ」

美知子が抑えて、「二十……七、八かな?」

「ね。若くて美人。どうしてこんな所に埋れてるんだろ? ——さと子、どう思う?」

訊かれたさと子は、

「——え?」

と、ふっと我に返った様子で、「あ、そう。——そうだね」

「何よ。ぼんやりして」

「ね、美知子」

「なに?」

「どうしてうちの同好会、もう五、六年も、ここを使ってなかったわけ?」

「さあ……。他にいい所があったからでしょ。どうしてそんなこと､気にするの?」

「だって……。ずっと十年間もここを使ってたのに、パタッと使わなくなったって、変じゃない?」

「さと子も、妙なこと気にするのね。もう、そのころの先輩たちはみんな卒業しちゃってるんだから、分んないわよ」

「そうよね……」

さと子は落ちつかなかった。

——さと子、このみ、美知子の三人は、同好会の幹事として夏の合宿の宿捜しをすることになった。

ところが、毎年使っていたホテルが、今年は他の大学に先に押えられてしまい、そこをあてにして他の所など全く調べてもいなかった三人は焦《あせ》った。もう時期はゴールデンウイーク。

いくら捜しても、どこも去年の内から予約済。頭を抱えた三人の中から、

「以前、他にどんな所を使ってたか、調べてみよう」

という案が出た。

そして、この〈矢車荘〉を見付けたのである。

とりあえず電話を入れると、空いているというので仮押えし、この連休に、どんな所か下見に来たというわけだった……。

「まあ、仕方ないんじゃない？　他にどこもないわけだし」

と、このみは広間の黒ずんだ天井を見上げて言った。

「私、ちょっとお手洗いに――」

さと子は立ち上って広間を出た。廊下を、見当をつけて歩いて行くと、トイレがあった。

用を足して手を洗っていると――。

「あ……」

鏡の中に、女の子が映った。自分と同じくらいの年齢か。白いテニスウエアを着た、色白な少女である。

「今晩は」

と言って、濡れた手を振って水を切ったさと子は、振り向いて絶句し、立ちすくむことになった。

――広間へ戻ると、

「さと子。食事の仕度ができたって」

と、このみが言った。「行こう」

「うん……」

「どうしたの？　顔色、悪いよ」

「何でもない。――美知子は？」

「先に、ちょっと部屋を見せてくれるって言われて。あ、戻って来た」

美知子が岡田と階段を下りて来た。

「ありがとうございました」

と、美知子が礼を言う。

三人は岡田と離れてダイニングへと向った。

「――部屋、清潔ですてきよ」

と、美知子が言った。「今夜はゆったり、一人一部屋使って下さい、って」

「一人で寝るの？」

と、反射的に訊いて、さと子は、「そんなのもったいないじゃない！　二人と一人でいいよ。ね、このみ。一緒の部屋でいいよね」

「いいじゃない、せっかくそう言ってくれてんだから、一人ずつで。私、歯ぎしりするから。——わ、おいしそうな匂い！」

「チャーハンかしら」

と、やっている二人を横目で見て、さと子はため息をついた。

いいわね、鈍い人は！

さと子だって、お腹は空《す》いている。

実際、あの若い信子という奥さんが用意してくれた夕食を、一番早く食べ終ったのは、さと子だったのである。

しかし、食事の途中でも、さと子の目はそっと探るように周囲を眺め回していた。

——だからいやだって言ったのよ。

そう。この〈矢車荘〉の玄関に入る前から、さと子は感じていた。ここには、何かまともでないものがある、と。

音感も悪いし、ファッションのセンスも友人の間ではいつも不評なのに、なぜか、さと子は「霊現象」にかけては他の人にないアンテナを持っているらしかった。

ここには幽霊がいる。あのトイレの鏡の中に現れた少女は、人間じゃなかったのである……。

2

幽霊に会わない一番いい方法。

それは――早く眠ってしまうこと！

結局一人一部屋をあてがわれ、ツインのベッドルームに一人で寝ることになったさと子は、早々に毛布を頭からかぶって寝てしまった。

知るか！　化けて出るなら出てみろ！

グーグー、いびきかいて寝ててやる。

このみと美知子はそれぞれ両側の部屋。さと子は、友だち二人に挟まれていると思うと、いくらか心強いものがあった。

さと子はガバと起き上ると、このみの部屋との壁をコンコンと叩いて、

「このみ。――このみ」

と呼んでみた。

「――なあに？」

「聞こえる？」

「聞こえるから返事したんでしょ」

理屈である。

「何でもないの。――おやすみ」

「おやすみ」

さと子はベッドを出て、反対側の壁を叩いた。

「美知子。――美知子」

と、呼んでみたが、返事がない。

もう眠ってしまったんだろう。仕方なくベッドに戻り、毛布をしっかりかぶって、

「早く寝よう……。お化けなんか、怖くないって」

と、ブツブツ言っていると……。

ドスン！　いきなり何かがさと子のお腹の上に落ちて来た。びっくりしたこと
――。

「ギャーッ！」

けたたましい叫び声を上げて、さと子は飛び起きた。

どうやら、その声は廊下どころか、階下の方にも聞こえたようだ。

「――どうしたの！」

と、このみがドアを開けて飛び込んでくる。

すぐに、岡田もドタドタと駆けつけて来て、

「何ごとだ？」

と、中を覗いた。

「明り、点けっ放しで寝てるの？」

と、このみは言った。「さと子。――大丈夫？」

「うん……」

さと子は、ベッドにパジャマ姿で起き上ったまま、やや放心状態。

「凄《すご》い声出すから……」

「ごめん。お腹の上に誰かドスンと――」

「え？」

「ううん。何でもないの」

と、首を振る。「時々夢でうなされるの。心配しないで」

「うなされる、なんてもんじゃなかったわよ、今の」

と呆《あき》れて、このみは出て行った。

「何かあれば、呼びな」

と、岡田はバットを手にして言った。

「ありがとう。すみません」

見かけによらず（?）いい人らしい、とさと子は思った。

岡田も出て行き、ドアが閉って、少し待ってから、さと子は自分のベッドの真中にあぐらをかいているテニスウエア姿の少女をキッとにらむと、

「何の用なのよ！」

と言った。

「失礼。てっきり眠っちまったと思ったからさ」

と、その少女が言った。

「あのね……。いきなりお腹の上にドカンとのっかる、ってのはないんじゃないの？　それでもお化け？」

「あんた、見えるのね。嬉しいわ。つい、はしゃいじゃったの。ごめんね、びっくりした？」

「当り前でしょ」

と、ふてくされて、「だからいやだって言ったのに」

「そう怒らないで。——可哀そうな幽霊の身になってみれば、無理もないわよ」

「自分で言うな」

と、さと子は言ってやった。「あのね、会えて嬉しいんなら、それなりに丁重に扱ってよね」

「はいはい」

と、少女は言うと、スッとさと子に近付いて来て――。

何をするのかと思う間もなく、さと子は唇にチュッと冷たい感触を受けた。

――お化けにキスされた！

「キャーッ！」

と、さと子は金切り声を上げ、また、このみと岡田が駆けつけることになってしまったのである……。

「私、江並邦子《えなみくにこ》」

と、幽霊は言った。「十八歳。死んだときはね」

「いつごろ死んだの？」

と、さと子は訊いた。

「六年前。だから……生きてれば二十四か。今ごろはすてきな彼とヴァージンロードを歩いてたかも」

と、両手を握り合せて、「私って、そりゃあもてたんだから！　分るでしょ、この可愛さ」

「あんたって、相当図々しくない？」

と、さと子は言ってやった。

「正直なだけ。ね、N女子大なんでしょ？」

「そうよ」

「私もなの。テニス同好会？　じゃ、可愛い後輩だ」

——真夜中。

幽霊はやはり「夜型」らしく（当然か）、どんどん元気になって来て、さと子を眠らせない。

しまいにはベッドの上で踊り出したので、さと子はついに眠るのを諦《あきら》め、話を聞くことにしたのだった。

しかし、確かにその幽霊——江並邦子は可愛い少女で、この白いテニスウエアを着てテニスコートを駆け回っている様子は、さぞ男たちの目をひいただろうと思えた。

「でもね」

と、さと子は言った。「どうして化けて出てるわけ？」

「それがね、可哀そうな話なの。――ハンカチ、持ってる？」

「お化けがハンカチ使うの？」

「あなたが使うの。きっと泣けてくるから」

相当に明るい幽霊（？）である。

「ここで死んだの？」

「もちろんよ。格好で分るでしょ」

「テニスウエアで？　じゃ、テニスやってる最中に死んだの？」

「テニスボールを頭に受けて……。なんてわけないじゃない」

ハハハ、と明るく笑っている。――さと子も色んなお化けに会って来たが、こんなに軽い奴は初めてだった。

「ね、三橋《みはし》先生って、今でもテニス同好会の顧問やってる？」

「三橋先生？　ええ、やってるわ。あんたのときも？」

「そうなの。六年たつと……今は四十歳？　あのころは若かったなあ」

と、江並邦子はしみじみと言った。「タフで、しまった体してて。すてきだった！　今は太ってる？」

「多少ね」

と言って、「ね、もしかして、あんたって三橋先生と……」

「もちろんよ。ちょうどその日、私は先生と組んでダブルスの試合をやったの。それが終って、他の子たちが試合を始め、私と三橋先生はこっそりとこの〈矢車荘〉の中へ戻って来た……」

3

邦子は、大きく息をついて、

「汗かいちゃった！　――テニスより、よっぽど汗かくわね」

と言うと、ベッドに起き上った。

「君は可愛いよ」

三橋は邦子の首筋にキスした。

「くすぐったい！　――ね、誰か来るとまずいわ。部屋に戻ってる」

邦子はテニスウエアの乱れを直した。――いくらみんなテニスコートに出ているといっても、突然誰かが戻って来ないとも限らない。

邦子と三橋は服を着たままで愛し合ったところだった。

「落ちつかないね、やっぱり」

と、三橋が言った。

「でも、スリルがあって感じるわ」

邦子は鏡の前で服と髪を直すと、「――これでよし、と」

三橋和人《かずと》は三十四歳の体育教師だ。女子学生たちの間では結構人気が高い。

格別二枚目というわけじゃないにしても、日焼けした逞しい腕や太腿に心ひかれる女の子は少なくなかった。

邦子と三橋がこうなったのは、二か月ほど前。邦子はもともと特に三橋にひかれていたというわけではなかったのだが、他の子たちが競って三橋にアプローチしているのを見て、闘志をかき立てられた（?）のだった。

本気になれば、邦子は天性の可愛さ、スタイルの良さで、やはり強い。並居る女の子たちをけ落として、みごと三橋を陥落させた。

といっても、少々危い火遊びではあった。

三橋には妻も子もいたからである。

「──先生。試合見に行かないとまずいんじゃない？」

と、邦子は言った。

「え？　──ああ」

三橋は何か考え込んでいる様子で、じっとベッドに座り込んでいる。

「大丈夫？　私、部屋に戻ってシャワー浴びるね」

と、邦子はラケットを手にして、「先生のコロンの匂いが移ってるから、友だちに気付かれちゃう」

「邦子！」

突然、三橋が立ち上った。そしてどこか切羽詰った表情で、

「待ってくれ！　──な、邦子。俺は……」

「何、先生？　怖い顔して」

「邦子。結婚してくれ」

邦子は啞然とした。

「──馬鹿言わないで！　先生、奥さんも子供さんもいるんじゃない」

「別れる。な、お前のことが忘れられないんだ」

三橋が邦子へ駆け寄って抱きしめようとする。

「冗談やめて！」

スルリと三橋の腕から逃れて、「先生！　どうしちゃったの？　遊びだから楽しいんじゃないの。私、全然そんな気ないから！　そんな先生、嫌いよ」

三橋は青ざめたまま立ちすくみ、

「――分った」

と、かすれた声で言った。

邦子は急いで廊下へと出て、自分の部屋へ戻って行った。廊下の角を曲ったとたん、

「ワッ！」

と、誰かとぶつかって、お互い尻もちをついてしまう。

「すみません！」

「いえ……。ああ、びっくりした」

邦子は息をついて、「あ、岡田さんの……」

ここの管理人、岡田の息子である。二十一歳の大学生で、今は夏休みでここへ帰って来ているのだった。

「貴士《たかし》さん――でしたっけ」

「ええ」

やはりテニスが上手く、アルバイトに、素人客のコーチをやっている。

「ごめんなさい。急いでたんで」

「いいえ、大丈夫です。――さっきの試合、惜しかったですね」

「あ、見てたんですか？　ちっとも上手にならなくて」

と、邦子は笑って言った。「ごめんなさい。シャワーを浴びるんです」

「ああ、そうですね。風邪ひかないように。夜は涼しいでしょ」

と、岡田貴士は言った。

邦子は、ふと思った。この人はさっきの試合を見ていたのだ。これからシャワーを浴びると言ってしまったが、今まで何をしてたんだろう、とふしぎに思うかもしれない。

「それじゃ」

と、軽く会釈して、部屋へと急ぐ。

岡田の息子にしては――といっては失礼かもしれないが――貴士は可愛い顔立ちをしている。自分より三つも年上とは思えないくらいだった。

母親は大分前に亡くなっていると聞いた。邦子は、ここへ来て、時々貴士が自分の方を見つめているのに気付いていた。それは悪い気分じゃなかった……。

自分の部屋へ入った邦子は、バッグから自分のタオルを取り出した。

さあ、サッとシャワーを浴びてすっきりしよう。下着も替えを出して、ベッドの上に置く。

テニスウエアを脱ごうとしたとき、誰かがドアをノックした。

「――はい？　どなた？」

と、邦子は声をかけた。

返事はなく、またノックの音。

邦子は大股に歩いて行って、

「はい」

と、ドアを開けた。

誰もいない？　廊下へ顔を突き出したとき、重いレンガが邦子の頭上に振り下ろされた。

「――じゃ、あんた、殺されたのね？」

と、さと子は言った。

「そうよ。可哀そうでしょ？　こんな善良な、いたいけな少女を殺すなんて、ひどい奴だわ！」

どうやら本気でそう言っているらしい。グスグス泣いたりしている。

さと子は呆れてしまった。

「あんたね、三橋先生を誘惑しただけでなくて、岡田さんの息子にも色目を使ってたんでしょ。殺されたって、自業自得よ」

と言ってやると、お化けはムッとした様子で、

「私が悪いんじゃないもん！」

と主張した。「私はね、自分の気持に正直だっただけ。誰だって心で思ってるのよ。私はそれを実行したってだけじゃないの。どこがいけないのよ」

そう言われると、さと子だってまだ二十一歳。反論はしにくいのである。

「――でも、ここで人殺しがあったなんて初めて知った」

と、さと子は気味悪くなって、「犯人は捕まったの？」

「捕まってりゃ、化けて出たりしないわよ」

「へえ、そういうもんなの？」

「そうよ。いつか私のことを見る力のある人が、きっとやって来ると思って、じっ

と待ってたのよ。六年間も！　少しは同情して」

「はいはい」

と、さと子はため息をついて、「で、私に何の用なの？」

「犯人を見付けて」

「へ？」

と、思わず変な声を出してしまった。「とんでもない！　危いじゃないの」

「いいわよ。もし、あんたも殺されたら、仲間ができる」

「冗談じゃない！　犯人って――あんたは分ってるんでしょ？」

「分んないの。いきなり頭をレンガでガツンだもの」

「へえ。じゃ、犯人を見なかったの？　ドジね」

「だから、あんたに捜してほしいの」

「いやよ。私はね、テニスをしに来たの。探偵ごっこをやりに来たんじゃないわ」

「ふーん。冷たいのね」

「何とでも言え。次にあんたのことを見られる人が現われるまで待つのね」

と、さと子は言ってやった。

「うん、と言うまで、そばを離れない」

邦子はスルリとベッドの中へ潜り込んで来た。

「ちょっと——。何してんのよ。——出てって！」

と、毛布をバタバタやってみるが、相手はお化け。蚊を追い出すようなわけには
いかない。

「——分った！　分ったから、やめて！」

と、さと子は太腿の辺りをくすぐられて、降参した。「全くもう！」

「へへ……。感じた？」

「冗談じゃない！　お化けと寝るなんて趣味ないわよ」

と、強がって言ったものの……。

「じゃ、しっかりやってね」

と、邦子がフッと消えてなくなると、

「とんでもない所へ来ちゃった」

と、さと子はため息をついたのだった……。

4

スコーン、と抜ける音がコートに響くと、白いボールがきれいな曲線を描いて飛ぶ。

いつもこうだといいけどね。——さと子は息を弾ませながら思った。

「——良くなったよ！」

と、コーチが言った。「その調子。いつも足がついていくように心がけてね」

「はい」

と、さと子は言った。

——〈矢車荘〉のテニスコートは静かな木立に囲まれている。風がひんやりと涼しい。

プレーしていると気持いいが、見物している身には少し肌寒いくらいだった。

「おい、貴士」

と、コートの方へやって来たのは、管理人の岡田である。

「父さん、どうしたの？」

「お客を迎えに行ってくる。お前、お相手しててくれ」

「うん。——信子さんは？」

「食事のための買物だ」

と、岡田は言って、さと子の方へ、「どうです？　ゆっくり眠れたかね？」

「お騒がせしまして」

と、さと子は少し照れて言った。

「でも、何か寝言言ってたでしょ」

と、このみが口を出す。「夜中にボソボソ独り言を言ってたみたい」

独り言か。——お化けの声は、他の子には聞こえないのである。

「夢でも見てたんでしょ」

と、さと子はとぼけた。

「じゃ、交替しようか」

「はい。——どうも」

さと子が引込むと、このみが喜んでコートへ飛び出す。

コーチは、岡田貴士。——ゆうべの江並邦子というお化けの話にも出て来た、管理人の息子である。

もっとも、そのころ大学生でも今はもう二十七、八。この〈矢車荘〉だけでなく、あちこちのホテルやペンションを回って、テニスのコーチをしているらしい。

確かに、今でもなかなかの二枚目で、このみがいつになく張り切っているのは、そのせいに違いなかった。

岡田が行ってしまうと、入れ違いに、柳美知子がやって来た。

「あ、美知子。どうしたの？」

と、さと子は声をかけた。

美知子はテニスウエアにも替えていなかった。今朝も、

「気分が良くない」

と言って起きて来なかったのである。

「大丈夫？」

「うん。ごめんね」

と、美知子は心もち青白い顔で、「ゆうべ軽い貧血起こして。もう何ともないけど、無理しないことにしたの」

「それがいいよ」

と、さと子は言った。

そういえば、ゆうべあのお化け騒ぎで、このみと岡田が駆けつけてくれたときも、美知子はやって来なかった。

「寒くない？　風邪ひくと大変だよ」

と、さと子が言うと、

「へえ。結構やさしいとこ、あるんだ」

と、突然声がして、さと子はびっくりした。

「あんた！　昼間も出るの？」

江並邦子がラケットを手に立っていたのである。

「昼も夜も関係ないの」

「勝手な奴」

美知子がふしぎそうに、

「さと子、何一人でしゃべってるの？」

「何でもないの！　あの――ちょっと、独り言」

と、さと子はあわてて言って、邦子の方をにらんでやった。

しばらくこのみと貴士のプレーを見ていたさと子、

「くたびれた！　交替！」

と、このみに言われて、

「あ……。でも、美知子、調子悪いからって」

「じゃ、さと子がやれば？」

「私？　――そうね」

少しためらったのは、邦子がニヤニヤしながら眺めているせいで……。

「じゃ、よろしくお願いします」

と、頭を下げてコートへ出て行くと、

「私、手伝ってあげようか」

と、邦子もノコノコついて来る。

「やめてよ」

と、小声で言って、コーチの打ってくれるボールを返していたが、何しろ邦子はヒマなせいか、

「ほら、よくボールを見て！　――下手くそ！」

などとやっている。

さと子も頭に来たが、貴士やこのみたちの前で怒るわけにもいかない。

「ＯＫ。一試合やろう」

と、貴士が言った。

そこへ、岡田が戻って来て、

「おい、お客だ」

と言った。「あんたたちも知ってる人だよ」

さと子たちはびっくりして、

「三橋先生！」

と、異口同音に叫んでいた。

顧問の三橋和人が、コートへやって来ると、

「やあ」

と、手を上げた。

「先生。よくここが……」

と、美知子が言った。

「うん。あちこち訊いたぞ。ま、お前たちの考えることは、大体見当がつく」

三橋はそう言って、「──しかし、ここは久しぶりだな」

さと子は、チラッと邦子の方を見て小声で、

「何か……感想は？」

「あれが三橋先生？」

と、邦子が呆然として、「老《ふ》けた！」

「仕方ないわよ。もう四十だし」

「先生、ここで合宿やろうと思うんですけど」

と、美知子が言うと、

「ここでか？」

三橋はちょっと顔をしかめた。「まあ——他になけりゃな」

当然気は進まないだろう。

自分と恋仲だった女子学生が殺された所である。

「——あの先生が犯人って可能性は？」

と、さと子は邦子にそっと訊いた。

「あり得るけどね、もちろん。そう思いたくはないけど」

「でも、成り行きから見ると、可能性ありそうじゃない。それとも、あんた、そんなに色んな人から恨まれてたの？」

「人のこと、放っといて！」

「あ、そう。じゃ、喜んで放っとくわ」

さと子は、貴士コーチへとボールを打った。

「そう言わないでよ、謝るから」

と、邦子が渋々言った。

「放っといてよ」

と、さと子は言い返した。

「やっ！」

貴士が、少し体勢を崩して打ち返した。

届かない！

思い切りラケットを伸したが、ボールはその先をかすめて——。

スコーン、と小気味良い音がして、ボールはみごとに貴士のコートへと入っていた。

「凄い！」

と、このみが目を丸くする。

「今のは大したもんだ」

と、貴士も打ち返せず、目を白黒させている。

「いえ……。まぐれです」

と、さと子は言った。

まさか、「お化けが打ってくれたんです」とも言えない。

「どう？」

と、邦子は得意げ。

さと子はジロリとにらんでやった。

そこへ、

「お昼の食事にしませんか」

と、信子がやって来た。

「どうも。——お腹空いた」

と、このみが大げさによろけて見せる。

「じゃ、貴士さんも、切り上げて」

「うん。——午後、またやろう」

貴士はそういってタオルで汗を拭った。

「——岡田の家内です」

と、信子が三橋に挨拶《あいさつ》する。

「や、どうも……」

三橋はちょっと面食らった様子。「色々お世話になります」

「いいえ、こちらこそ」

と、信子は言って、「こちらで合宿を?」

「そのつもりです。何しろ、環境がすばらしいですから」

三橋の言葉に、さと子は思わず邦子と目を見交わしたのだった……。

5

「どうしろっていうの?」

と、さと子は訊いた。

「だから、今説明したでしょ」

「あのね……。私、人の寝室を覗くって趣味はないの」

「趣味の問題じゃないわ。あんたが私から逃げられるかどうか、これにかかってるのよ」

「人間をおどかすのがお化けの仕事だからって、脅迫するのとはちょっと違うんじゃありません?」

さと子は、今夜も邦子に悩まされていた。「――分ったわよ」

何とかするまでは、とても眠らせてもらえそうもない。

さと子は、パジャマのまま、そっと廊下へ出た。

もう夜中である。たぶん、一時か二時にはなっているだろう。

さと子は、三橋の泊っている部屋の前まで来ると、中の様子を聞こうと、ドアに耳をつけてみた。

しかし、何の音もしない。――諦めて戻ろうかと思ったとき、ドアが中から開いた。

見付からなかったのは奇跡と言っても良かった。

三橋は部屋から出てくると、さと子の立っている方を全く見ようともせず、反対の方向へと歩いて行ったのである。

――息が止るほどびっくりしたさと子は、胸に手を当てて、何度も深呼吸した。

どこへ行くのだろう？

さと子は、離れて後をついて行った。

三橋は階段を下りて行った。さと子が顔を出して下を覗くと、広間から明りが洩れている。三橋はそこへ入って行ったらしい。

足音を忍ばせて階段を下りて行く。

ドアは細く開いていて、そこへ近付いていくと、中から話し声が聞こえている。

「――いや、びっくりした」

と、三橋が言った。「まさかここで会おうとはね」

「私だって」

と言ったのは――岡田の妻、信子だ。

「岡田と結婚したのか。どうして？」

三橋の声には、面白くなさそうな響きがあった。信子はちょっと笑って、

「勝手な人！　自分は奥さんもいて、子供さんだって――」

「ああ、分ってるよ。分ってる」

と、三橋は苛々《いらいら》と、「しかし、恋とか愛ってものは、そういう世間のしがらみとは別物だろ？」

「そうはいかないわ。そうでしょう？　あの事件があったこと、それは否定できないわ」

「邦子が殺されたことか。――もう六年も前のことだ」

「でも、犯人は捕まっていないのよ」

「知ってる。だからここへは近寄りたくなかったんだ」

「ここに来て、悔んでる？」

少し間があった。

さと子は、そっと隙間から中を覗いた。

三橋が信子とソファの上で抱き合ってキスしている。

「——何よ、あれ」

と、耳もとで邦子が言った。

「大した先生ね」

と、さと子は呟《つぶや》いた。

「誰か来る！」

「え？」

「隠れて！」

さと子は、あわてて廊下の暗がりの奥へと退いた。

階段を下りて来たのは、貴士だった。

さと子は、貴士が広間の中を覗くのを少し離れて見ていたが……。

やがて、貴士がパッとドアを開ける。

「――貴士さん」

「信子さん！　いくら年齢《とし》が違うといっても、あなたは父の奥さんでしょ。こんなことをして……」

「いや、待ってくれ」

と、三橋は少しあわてた様子。

「貴士さん――」

「見てろ！」

と言うなり、貴士は三橋を殴りつけたのである。

さと子は、びっくりして駆けて行った。

三橋が床にのびていて、信子は呆然と突っ立っている。

「――大丈夫ですか？」

と声をかける。

信子はハッとした様子で、

「あなた……。吾妻さと子さんね」

と言った。「――あなたは、どこか他の子たちと違うって感じてたわ」

「え？」

「あなた……。誰かと会ったんでしょ」

さと子は、ちょっと詰った。

「――そうです。でも……」

「幽霊に?」

「ええ。どうして知ってるんですか?」

と、さと子は言った。

信子は、じっとさと子を見て、

「今、その人はここにいる?」

さと子は周囲を見回して、

「今は……見えません」

「そう。――私もね、何か感じるの。何かがいるってことを。でも、目に見えるところまでいかない」

やっとこ起き上った三橋は、苛々した様子で、

「何の話だ?」

「先生。――聞きましたよ。殺された江並邦子って子から」

と、さと子が言うと、

「江並邦子……。どうしてお前がそんな名前を知ってるんだ？」

と、少しむきになる。

「お化けの彼女と話したからです」

「馬鹿も休み休み言え」

「本当です。事件のあった日、ダブルスをやった後、先生は江並邦子を連れて行って自分の部屋で……色々あった。それから、出て行こうとした彼女に結婚してくれと頼みましたね」

三橋は青ざめた。

「でたらめだ！」

「彼女を殺したのは、先生ですか？」

「とんでもない！」

「でも——」

「待って」

と、信子が言った。「その子は犯人を知らないの？」

「見なかったんだそうです」

信子は、ちょっとの間ポカンとしていたが——。やがて笑い出した。

「――そうだったのね！　知らなかったのか！　何てこと！」

「信子さん……」

　笑いが途切れると、

「ええ。――やったのは私」

　と、信子は言った。

「どうして？」

「私もこの先生のことが好きだった。でも、邦子との間が噂になっていて、あの日、私は二人の後を尾けて来たの」

　と、信子は言った。「二人が愛し合うのを聞いて、辛かった。苦しかったわ」

「じゃ、それで……」

「あの子が死ねば、先生を私のものにできるかもしれないと思った。でも――とんでもない話だったわ」

　信子は、三橋を見て、「それだけの値打のない人だったし」

「でも、なぜ岡田さんの所にいたんですか？」

「後悔したの。ここにいれば、きっとあの子のお化けに会えるだろうと思ったのよ。私が犯人だと知ってるとばかり思ってたから。でも、なかなか会えなくて」

と、さと子は苦笑いした。「会いたい人の所には出ないで、格別会いたくない人の前に現われるのか」

「変なの」

そこへ、

「——しゃべったのね、お姉さん」

と、女の子の声がした。

「美知子！」

さと子はびっくりして、「信子さんがお姉さん？　本当の？」

「ええ。——行方不明だったの、ずっと」

そして六年ぶりの再会か。それで、美知子はゆうべ話し込んでいたのだ。

「ごめんなさい、心配かけて」

と、信子は言った。「でも、これですっきりするわ」

「だけど——」

と、さと子は三橋を見て、「本当にいけないのはこの男。そうでしょ。先生があんなことしなければ、この人だって、人殺しせずにすんだんですよ」

「そんなこと知るか！」

三橋はパッと立って、出て行ったが……。

「ワーッ!」

階段を上って行った三橋が、叫び声を上げて、転り落ちて来た。

びっくりして飛び出すと、さと子の目に階段の上から見下ろしている邦子の姿が見えた。

邦子は、ニコリと笑って、肯《うなず》いて見せた。


「──事故死か」

と、このみは言った。「新しい顧問、見付けないとね」

「その程度の奴だったのね」

と、さと子は言った。「荷物、できた?」

「うん。行こう」

さと子は、一人遅れて、階段を下りて行こうとしたが……。

「──ありがと」

「やっぱりいたね」

と、さと子は振り向いた。

「本当の犯人を裁いてやったわ」

「そうね。信子さんのことは許してあげて」

「分ってる。——自首して出るなんて、偉いよ」

邦子は手を差し出した。「ありがとう」

「お化けと握手？」

「死にゃしないよ」

「ちゃんと手を洗ってる？」

「こら！」

と笑って、邦子はしっかりさと子と握手すると——フッと消えた。

成仏したか。

さと子は、バッグを手に、軽い足どりで階段を下りて行った。

このみと美知子はもう玄関で待っている。

「さと子。忘れものはない？」と、このみが言った。

「うん」

さと子はチラッと二階を見上げて、「幽霊一人、ぐらいのものね」

と言ったのだった。

解説

香山二三郎
（ミステリー評論家）

筆者がミステリーを読み始めたのは中学生の頃からだが、系統だった読みを意識し始めたのは高校に入ってから。そのきっかけのひとつになったのが、ミステリーや映画、ジャズの評論家として知られた植草甚一《うえくさじんいち》の海外ミステリー書評集『雨降りだからミステリーでも勉強しよう』だった。

内容は一九五〇年代から六〇年代にかけての海外ミステリー事情を紹介したもので、一読して驚いたのは、取り上げられている作品の大半が知らないものばかりだったことだ。植草は新作を原書で読んでいて、そのレビューが中心だったから当然といえば当然なのだが、とにかくミステリーの世界の広大さに目をみはらされた。

驚いたといえば、記事の内容もまたしかり。たとえば「四百冊以上もミステリーを書いたジョン・クリーシー」だ。クリーシーはＪ・Ｊ・マリック名義で書かれた警察小説の草分け、ギデオン警視シリーズで知られるが、「処女作発表後の三十年間に、年間平均十五冊を出版、ある年は二十二冊も書いたが、これらがみんなヒットしたのだった。現在までの総冊数四四〇、語数にして四億」。多作家はほかにもいて、「ベルギー人のジョルジュ・シムノンは、現在までの総冊数四七四で、数ではクリーシーを追い越しているが、初期の作品は、ごく短いものがおおく、語数という量の点では敵《かな》わないのである」との由。

世界には作品数的にもバケモノのような作家がいるんだなと思ったことではあったが、『雨降りだからミステリーでも勉強しよう』が出た四年後にデビューした日本人作家が、それ以上のバケモノに成長しようとは思いも寄らなかった。

むろん、本書の著者・赤川次郎である。

赤川は一九七六年に「幽霊列車」でオール讀物推理小説新人賞を受賞してプロデビュー、翌七七年に長篇《ちょうへん》『死者の学園祭』を刊行して以降、ジョン・クリーシーも真っ青のペースで創作を続け、二〇一七年には何と著作数六〇〇冊を超えた。

いったいどうやったらそんなに多く書けるのかというのが率直な疑問。ストーリーやキャラクターの発想はどこから生まれるのかとか、話がだぶらないようにするにはどんな工夫をされているのかとか、著者の創作の秘密を知りたいと思っている読者は少なくないだろう。だが著者は別に隠しているわけではないし、そもそもそれは、作品をじっくり読み込んでいけば、ある程度わかることなのかもしれない。

というわけで、本書である。

本書『幽霊はテニスがお好き』は一九九六年一月に中央公論社から刊行されたノンシリーズの短篇集である（九七年八月に中央公論社Cノベルスに、九九年一〇月に中公文庫に収録）。表題作を始め、全六篇を収録。

冒頭の「本日も死亡ゼロ」は小さな田舎町《いなかまち》・K町の町長・本宮があるパーティからの帰途、愛人宅に立ち寄るところから始まる。パーティは彼の念願である五年間、町内の交通事故の死亡ゼロを祝して催されたものだったが、深夜愛人宅から自分で車を運転して帰る途中、自転車に乗った女の子をはねてしまう。翌朝、自宅で目覚めた彼は、妻から、小学校教師の娘が町外れの林の中で無残な他殺死体で発見されたと知らされるが……。

近年高齢者ドライバーの暴走による交通事故が多発しているが、六五歳の本宮がよりによって自分の念願がかなった夜に仕出かしてしまう本篇は、それを予見したクライムストーリーというべきか。彼は事件の隠蔽に走ったがために、罪を重ね、破滅していくが、だからといって根っからの悪人というわけでは決してない。人の内なる二面性が露《あら》わになる悲劇を描いた、いかにもブラックなタッチに貫かれた因果応報譚《たん》だ。

続く「白馬の王子」の主人公・根津智加は一五歳、中学三年生の少女だが、すでに五年の経歴を持つ女優だ。彼女は友人の尾田久仁子とともに自分が主演したTVドラマの打ち上げパーティに出席する。智加の憧れの君——「王子様」は頭が少し禿《は》げ上がり、お腹《なか》も出ている中年脚本家の山本鉄也。久仁子からは、智加のお父さんに似ているんじゃないとからかわれるが、その智加は舞台上でディレクターに花束を渡そうとして、酔っ払ったディレクターにキスされそうになり、思わず相手を蹴り飛ばしてしまう。ただの純情可憐《かれん》な一五歳とはわけが違うのだ。パーティ後、彼女は久仁子と食事をし直そうとホテルのコーヒーハウスへいくが、そこで山本夫人から声をかけられる……。

映画の物語形式のひとつに〝グランドホテル形式〟というのがある。ホテルのような大きな会場を舞台にそこに集う人々が織りなすドラマを描いていくスタイルで、同名の古典映画のタイトルから付いたものだが、著者が小説のみならず映画や古典芸能にも深い知識をお持ちなことは知る人ぞ知る。本篇はいわばその応用篇であるが、主役が『セーラー服と機関銃』のヒロイン・星泉を髣髴《ほうふつ》させるおきゃんな美少女であるところが嬉《うれ》しい。

「金メッキの英雄」は小さな商事会社に勤める冴《さ》えない中年社員の安井良吉が突然リストラにあい、会社を辞めさせられるところから始まる。何故か彼に優しい若手社員の水江京子からは励まされるものの、どうしようもない。彼は何とか新しい仕事を見つけようとするが、コーヒーでも飲もうと息抜きに入ったホテルで暴力団の組長銃撃事件に遭遇、反射的に現場から逃げ出したことから犯人と間違えられる羽目に。

小説やドラマ、映画で主人公たちがのっぴきならない状況に置かれたありさまを描いて笑いを取るものをシチュエーション・コメディ――シットコムというが、こちらはその応用篇か。暴力団や警察からも追われることになる安井良吉にとっては、コメディどころかとんだ災難であるが、著者の軽妙な筆致にはハートウォーミングな笑いの要素も織り込まれているし、ミステリー的なヒネリ技もちゃんと用意されている。

「待ちわびる女」の主人公・衣子は来月結婚予定の二九歳。だが彼女には心残りがあった。かつて泣く泣く別れた恋人がいたのだ。その男、里見仁志は一〇年前、父親が会社を暴力団に乗っ取られて夜逃げせざるを得なくなり、待ち合わせた公園で一年後に再会することを彼女と約束して別れた。だが翌年の同日、仁志は現れず、その後も音沙汰なし。月日はあっという間に過ぎて、一〇年がたった。衣子は同じ一一月二五日に約束の場所にやってくるが、現れたのは警察官。この近辺で麻薬の取引があるというのだ……。

一〇年ぶりの再会劇かと思いきや、待ち合わせ場所は犯罪現場へと一転する。これまたシットコムならぬシチュエーション・サスペンスだ。背景がもっぱら公園の待ち合わせ場所に据えられているあたりは、スリリングな舞台劇を見ているかのよう。サスペンスのみならず、二転三転するヒネリ技の冴えにも注目だ。

シットサスペンスが続く。ラス前の「逃亡の果て」ものっけからピリピリした家庭の内情から幕を開ける。一七歳の高校二年生・水谷亜由子が登校しようと玄関まできたところで二晩帰らなかった父・国夫が帰宅、これから一週間の出張に出るという。出がけに、警察官から近所で強盗殺人があったと警告されたというのに、国夫は勝手なことばかりいう。亜由子には、父が愛人と旅を楽しもうとしていることくらいお見通しだった。だがその日帰宅した亜由子が見たのは、知らない男がテーブルでご飯を食べている姿だった。

赤川小説に登場する家族は幸福とは限らない。むしろ不幸な状況のただなかにある場合が多い。本篇はその典型といえよう。父はオレサマ気質で、しかも女たらし。現状は離婚寸前なのだが、母はなかなか踏み切れないでいる。そんなとき、突然現れた招かれざる男。それは不幸な家庭をさらに追い詰めるかと思われたが……。

最終篇の表題作はホラーというか、軽妙な超自然ミステリーに一転する。吾妻さと子はN女子大生三年生の二一歳。テニス同好会に所属する彼女は夏の合宿の宿捜しを仰せつかるが、毎年使っていたホテルは早々と押さえられてしまい、かつて使っていた矢車荘を選ぶしかなくなる。矢車荘は古びた木造建築でホテル並みの設備は期待出来なかったが、安くて気軽に泊まれた。昔は一〇年間も使っていたのに、なぜ使われなくなったのか、さと子は気になった。実際現場を訪れた彼女は何ともいやな感じにとらわれるが……。

著者には、代表作のひとつでもある幽霊シリーズがあるが、本篇は女子大生探偵の永井夕子と宇野警部の活躍を描いたそれとは別物だ。吾妻さと子は矢車荘で超自然な出来事に直面するだけでなく、そこでかつて起きた殺人事件の謎解きにも挑むことになる。やがて浮かび上がってくる男女の愛憎劇。その歪《ゆが》んだ人間関係や因果応報劇は赤川小説ならではの暗い家庭劇とも通底するが、本篇の場合、暗いトーンには染まらない。新たな絆《きずな》の誕生も思わせるラストシーンには、シリーズ化も期待したくなるところだろう。

さて、こうして見てくると、各篇とも小説や映画、ドラマの名作で駆使されてきた手法をベースに著者が独自のアレンジを加えて仕上げるという基本的なパターンが見えてきはしまいか。小説の創作においては、読書や観劇の蓄積によって培われた知識がやはりものをいうということなのかも。恐らく著者の脳髄では今なお無数の物語が息づいており、その知識は更新され続けているに違いない。

著者の後継者足らんとする者は、雨降りじゃなくても、ミステリーを勉強しよう!

一九九九年十月　中公文庫刊

実業之日本社文庫　最新刊

赤川次郎
幽霊はテニスがお好き
女子大生のさと子は、夏合宿のため訪れた宿で嫌な気配を感じる。その原因とは……。赤川ミステリーの魅力が詰まった全六編を収録。（解説・香山二三郎）
あ1 18

安倍夜郎
酒の友　めしの友
人気グルメ漫画「深夜食堂」の作者が、故郷・高知県四万十市の「食」にからめて自らの半生を語った「酒の友　めしの友」や漫画「山本耳かき店」などを収録。
あ21 1

井川香四郎
桃太郎姫暴れ大奥
男として育てられた若君・桃太郎。将軍暗殺の陰謀を未然に防ぐべく、「部屋子」の姿に扮して、単身大奥に潜入するが……。大人気シリーズ新章、待望の開幕！
い10 6

大山誠一郎
アリバイ崩し承ります
美谷時計店には「アリバイ崩し承ります」という貼り紙がある。店主の美谷時乃は、7つの事件や謎を解決できるのか!?（解説・乾くるみ）
お8 1

太田満明
光秀夢幻
信長を将軍に――明智光秀の大戦は〈本能寺の変〉の前に始まっていた！　羽柴秀吉らとの熾烈な心理戦を描く、驚嘆のデビュー歴史長編。（解説・縄田一男）
お9 1

田牧大和
かっぱ先生ないしょ話　お江戸手習塾控帳
河童に関する逸話を持つ浅草・曹源寺。江戸文政期、寺に隣接した診療所兼手習塾「かっぱ塾」をめぐるちょっと訳ありな出来事を描いた名手の書下ろし長編！
た9 2

実業之日本社文庫　好評既刊

赤川次郎
忙しい花嫁
この「花嫁」は本物じゃない…謎の言葉を残した花婿がハネムーン先で失踪。日本でも謎の殺人が!? 超ロングランシリーズの大原点!（解説・郷原 宏）
あ1 12

赤川次郎
四次元の花嫁
ブライダルフェアを訪れた亜由美が出会ったのは、ドレスも式の日程も全て一人で決めてしまう奇妙な新郎。その花嫁、まさか…妄想!?（解説・山前 譲）
あ1 13

赤川次郎
哀しい殺し屋の歌
「元・殺し屋」が目を覚ましたのは捨てたはずの実の娘の屋敷だった。新たな依頼、謎の少年、衝撃の過去──。傑作ユーモアミステリー!（解説・山前 譲）
あ1 14

赤川次郎
演じられた花嫁
カーテンコールで感動的なプロポーズ、でも……ハッピーエンドが悲劇の始まり!? 大学生・亜由美に事件はおまかせ! 大人気ミステリー。（解説・千街晶之）
あ1 15

赤川次郎
明日に手紙を
欠陥のある洗濯機で、女性が感電死。製造元のK電機工業は世間から非難を浴びる。そんな悪い状況から抜け出すため、捏造した手紙を出す計画を提案する…。
あ1 16

赤川次郎
綱わたりの花嫁
結婚式から花嫁が誘拐された。しかし、攫われたのは花嫁のふりをしていたアルバイトだった!? シリーズ第30弾、長編ユーモアミステリー（解説・青木千恵）
あ1 17

実業之日本社文庫 あ118

幽霊《ゆうれい》はテニスが好《す》き

2019年12月15日　初版第1刷発行

著　者　赤川次郎《あかがわじろう》

発行者　岩野裕一
発行所　株式会社実業之日本社
〒107-0062　東京都港区南青山5-4-30
CoSTUME NATIONAL Aoyama Complex 2F
電話［編集］03(6809)0473［販売］03(6809)0495
ホームページ　https://www.j-n.co.jp/
印刷所　大日本印刷株式会社
製本所　大日本印刷株式会社

フォーマットデザイン　鈴木正道(Suzuki Design)

ISBN978-4-408-55549-2（第二文芸）